泉州文庫

選堂題

（清）李光坡 著
何立民 點校

皋軒文編

泉州文庫整理出版委員會
商務印書館

前　言

泉州建制一千三百多年，爲中國歷史文化名城和古代海外交通的重要港口。"比屋弦誦，人文爲閩最"，素稱海濱鄒魯、文獻之邦。代有經邦緯國、出類拔萃之才，歐陽詹、曾公亮、蘇頌、蔡清、王慎中、俞大猷、李贄、鄭成功、李光地等一大批傑出人物留下了大量具有歷史、文學藝術、哲學、軍事、經濟價值的文化遺産。據不完全統計，見載於史籍的著作家有一千四百二十六人，著作多達三千七百三十九種，其中唐五代二十九人三十二種，宋代二百人三百九十一種，元代二十一人四十種，明代五百三十六人一千五百八十五種，清代六百四十人一千六百九十一種；收入《四庫全書》一百一十五家一百六十四種，《四庫全書存目叢書》五十六家七十四種，《續修四庫全書》十四家十七種。二○○八年國務院頒布第一批國家珍貴古籍名録，屬泉人著述、出版者十三種。

遺憾的是，雖然泉州典籍贍富，每一時代都有一批重要著作相繼問世，但歷經歲月淘汰、劫難摧殘，加上庋藏環境不良，遺存至今十無二三，多成珍籍孤本。這些文化遺産，是歷史的見證，是泉州人民同時也是中華民族的寶貴文化財富，亟待搶救保護，古爲今用。

對泉州地方文獻的搜集與整理，最早有南宋嘉定年間的《清源文集》十卷，明萬曆二十五年《清源文獻》十八卷繼出，入清則有《清源文獻纂續合编》三十六卷問世。這些文獻彙编，或已佚失，或存本極少。二十世紀四十年代，泉州成立"晋江文獻整理委員會"，準備整理出版歷代泉人著作，因經費短缺未果。八十年代，地方文史界發起研究"泉州學"，再次計劃编輯地方文獻叢書，可惜後來也因爲各種條件的限制，其事遂寢。但是這兩次努力，爲地方文獻叢書的整理出版做了準備，留下了珍貴的文獻資料和書目彙編。

二○○五年三月，中共泉州市委、泉州市政府決定將地方文獻叢書出版工作列爲國民經濟和社會發展第十一個五年規劃的一項文化工程。翌年，正式成立“泉州地方典籍《泉州文庫》整理出版委員會”，着手對分散皮藏於全國各大圖書館及民間的古籍進行調查搜集，整理出《泉州文庫備考書目》二百六十七家六百一十四種，以後又陸續檢索出遺漏書目近百家一百八十餘種。經過省内外專家學者多次論证，最後篩選出一百五十部二百五十餘種著作，組成一套有一定規模、自成體系、比較完整，可以概括泉人著作風貌、反映泉州千餘年文化發展脉絡的地方文獻叢書，取名《泉州文庫》，二〇一一年起陸續出版發行。

整理出版《泉州文庫》的宗旨是：遵循國家的文化方針政策，保護和利用珍貴文獻典籍，以期繼承發揚中華民族優秀文化傳統，增進民族團結，維護國家統一，提高民族自信心和凝聚力，加强社會主義核心價值體系建設，增强文化軟實力，爲泉州的物質文明和精神文明建設服務。

《泉州文庫》始唐迄清，原著點校，收録標準着眼於學術性、科學性、文學性、地域性、原創性、權威性，具有全國重要影響和著名歷史人物的代表作優先。所録著作涵蓋泉州各縣（市、區），包括金門縣及歷史上泉州府屬同安縣，曾在泉州任職、寄寓、活動過的非泉籍人氏的作品，則取其内容與泉州密切相關的專門著作。文庫采用繁體字横排印刷，内容涉及政治、經濟、歷史、地理、哲學、宗教、軍事、語言文字、文化教育、文學藝術、科學技術等領域，其中不乏孤稀珍罕舊槧秘笈，堪稱温陵文獻之幟志。

值此《泉州文庫》出版之際，謹向各支持單位、個人和參加點校的專家學者表示誠摯的感謝！由於涉及的學科和内容至爲廣泛，工作底本每有蛀蝕脱漏，加之書成衆手，雖經反復校勘，但限於水平，不足或錯誤之處還是難免，敬請讀者批評指教。

泉州地方典籍《泉州文庫》整理出版委員會

二〇一一年三月

整理凡例

一、《泉州文庫》(以下簡稱"文庫")收録對象爲有關泉州的專門著作和泉州籍人士(包括長期寓居泉州的著名人物)著作,地域範圍爲泉州一府七縣,即晋江(包括現在的晋江市、石獅市、鯉城區、豐澤區、洛江區)、南安、惠安(包括泉港區)、同安(包括金門縣)、安溪、永春、德化。成書下限爲一九四九年九月以前(個别選題酌情下延)。選題内容以文學藝術、歷史、地理、哲學、政治、軍事、科技、語言教育等文化典籍爲主,以發掘珍本、孤本爲重點,有全國性影響、學術價值高、富有原創性著作優先,兼及零散資料匯總。

二、每種著作盡量收集不同版本進行比較,選擇其中年代較早、内容完整、校刻最精的版本爲工作底本,并與有關史籍、筆記、文集、叢書參校,文字擇善而從。

三、尊重原著,作者原有注釋與説明文字概予保留。後來增加者,則視其價值取捨。

四、凡底本訛誤衍漏,增字以[ ]表示,正字以( )表示,難辨或無法補正的缺脱文字以□表示,明顯錯字徑直改正,均不作校記。

五、凡底本與其他版本文字差異,各有所長,取捨兩難,或原文脱訛嚴重致點讀困難,或史實明顯錯誤者,正文仍從底本,而於篇末校勘記中説明。

六、凡人名、地名、官名脱誤者,均予改正,訛誤而又查不到出處之人名、地名、官名及少數民族部落名同異譯者,依原文不予改動。

七、少數民族名稱凡帶有侮辱性的字樣,除舊史中習見的泛稱以外,均加引號以示區别,并於校記中説明。

八、標點符號執行一九九六年實施的國家《標點符號用法》。文庫點校循新版二十四史及《清史稿》例,一般不使用破折號和省略號。

九、原文不分段者,按文意自然分段。

十、凡異體字、俗體字、通假字,如非人名、地名,改動又無關文旨者,一般改爲通用字;異體字已經約定俗成、容易辨認者不改。個别著作爲保持原本文字語言風貌,其通假字則不校改。

十一、避諱字、缺筆字盡量改正。早期因避諱所産生的詞彙成爲習慣者不改正。

十二、古籍行文中涉及國家、朝廷、皇帝、上司、宗族等所用抬頭格式均予取消。

十三、文庫一般一册收録一種著作,篇幅小的著作由兩種或若干種組成一册,篇幅大的著作則分成兩册或若干册。

十四、文庫采用横排、繁體字印刷出版。每册前置前言、凡例。每種著作仿《四庫全書》提要之例,由编者撰寫《校點後記》,簡略介紹作者生平、著作内容及評價、版本情况,説明其他需要説明的問題。

泉州地方典籍《泉州文庫》整理出版委員會辦公室

二〇〇七年二月五日

皋軒文編序

唐以前絶重“三禮”學，國家有大事，皆取正於名儒。而解釋諸經，若賈、馬、鄭、孔，咸以“三禮”爲主，考辨是非，精研同異，釐然有章。朱子亦欲以《儀禮》爲經，《禮記》爲傳，彙爲一書。吳草廬輯《三禮》，詮次比附，自成一家言。雖所見不同，咸以禮爲儒者當務之急。蓋孔子云：克己復禮，約之以禮。禮乃道之實而可據者，言道而不言禮，非學也。安溪李茂夫先生，文貞公介弟。文貞既爲海内儒宗，而茂夫先生兄弟間自相師友，亦卓然以儒術顯。今讀其文，通曉古今，薈萃經史，其根氐乃精于“三禮”，是謂儒者實學。承學之士讀是編而興起，振揚絶業，以經術經世務，朝常國典，一衷聖籍，而不爲紛紜聚訟，其亦不負先生立言不朽之心也夫。通家侄汪瀠拜跋。

目　　録

皋軒文編卷一

雜　著

性　論　上

三王四代，言性自湯始。曰："惟皇上帝，降衷於下民。"若有恒性言命，莫善於劉子。曰："人受天地之中以生，所謂命也。"衷亦中也。至哉中乎！以形觀之，偏於一方，則有羨不足，而惟中則均。拘於一方，則有明與昧，而惟中則周。舉其一方，則有勞與逸，而惟中則齊，故中者無餘無缺。共處於中，雖少有羨不足，而可均則近；共立於中，雖少有明昧，而可周則近；共舉其中，雖少有勞逸，而可齊則近。通此者，其知天地之生乎？兩間之繁氣爲物，中氣爲人，故曰人者，天地之心。心，中也。陰陽之交，交中也；鬼神之會，會又中也。氣無不中，則理無不全，其餘物氣環於中氣之外。以乾父坤母言之，雖同得是理以爲性，同得是氣以爲形，然得此缺彼，均則否矣，見此昧彼，周則否矣，能此捨彼，齊則否矣。故言性則曰人性，曰物性。言性善則人也，而物不與。通此者，其知孔孟之旨乎？孟子之言性曰："人之所以異於獸者幾希。"曰："其性與人殊，若犬馬之與我不同類。"曰："犬之性猶牛之性，牛之性猶人之性與？"皆舍物而言人。何以見人性之善？蓋仁義也，堯舜有之，物有之乎？而人有之則善。仁義也，堯舜能之，物能之乎？而人可能之則善。然善不皆善，何以不一言及氣？豈知不云爲不善，非才之罪，求得舍失者不能盡其才，降才匪殊而陷溺者乎？然則夫氣雖有清濁，而可以復性之本善，性雖本善，而不可以無省察矯揉之功，亦即明且盡矣。去物而專人，則非僅論性之原也，言性而貴才，程子曰"才禀於氣"，則非不論氣也。其與孔子相近之説異歟？非也。蓋仁義也，堯舜有之，物則遠之,而人之仁義則與相近,非善乎?堯舜能之,物則遠之,而人能仁義亦與相近,非善乎?誠以同在一中之内,其氣皆正,其理皆全。即有昏明强弱之等,而相去不遠,亦猶共處於中,雖少有羨不足而可均;共立於中,雖少有明昧而可周;共舉其中,雖少有勞逸而可齊。由其無虧則曰善,由其不遠則曰近,一也。故降衷受中之訓,傳心之要也,推此以見天之命明性之一。昌黎韓公所云"自孔子歿,獨孟氏之傳得其宗",信夫。

言理刻覈,文體酷類荆舒。天地之性,亦中而已矣,故贊《易》曰"剛健中正,純粹精也",惟人與天地相似。伯兄評。

性論中

自孔、孟之後,言明道守正者,必推荀、楊。而荀子之論性曰:"人之性惡,其善者僞也。"謂好利、有疾惡、好聲色,爲人之性情,順之則争且殘,故必有師法之化,禮義之道,此即好色、好鬥、好得之云也。若此三事,則禽獸之所長,而與人最近,何不概以師法,化而禮義道之也?謂聖人化性而起僞,同於衆者,性所以異,而過衆者僞。夫聖人之性,既與物同矣,又何所因而有此大僞之本乎?謂途之人於仁義法正,皆有可以知之質,可以能之具,故皆可以爲禹。積而不息,則通於神明,參於天地。然則有可知之質,可能之具,非性善乎?皆可以爲禹,非聖愚本同一性乎?禹,聖人作僞者也。神明天地亦有僞乎?以良弓得撤,良劍得礪,良馬得馭,喻人雖有性質美而心辨知,非得賢師友,則不日進於仁義。然非良弓則排撤何所正,非良劍則砥礪何所成,非良馬則轡策何所馭,非性善則師友何所施?且性質美而心辨知者,是性乎?僞乎?善乎?惡乎?其他自抵牾者猶多,迹其辭氣,皆憤世嫉俗之爲,非明道者也。楊子自謂,於荀子見同門而異户,讀其書,似亦寡過。然謂人之性也善惡混,學者所以修性,則未知性之果善而未嘗有惡,渾全而無所餘缺,可以言復,而不可以言修也。且云氣者所適善惡之馬,又若人身僅有空氣,而别有善惡在天地之間,可以適而從之者。惟唐韓子《原性》之篇,朱子稱其於諸子中最爲近理。蓋是時也,禪學方盛,指虚空爲性,謂仁義四者,不曰所生,即曰所包,而公獨目爲所性之實體。與公同時,自任以道如李翱者,作《復性》之書,爲滅性之説,而公獨指爲五性之實用,惜乎未深察。夫天命,人心之本,而夷孟子於荀、楊之間,取夫子相近不移之近似,以爲依違兩可之論,竊恐非惟未足以補孟子之缺,抑且無以服荀、楊而折其心。蓋三品之次,或難以爲據也,何也?使一世之内,天下之中,生后稷、文王者若而人,生越椒、叔魚者若而人,生可習於善惡者若而人,則信如三品之云矣。不然,則公亦曰:"天之生大聖也不數,其生大惡也亦不數。"即安可執千世萬世,貞元挺生之上哲,與夫保姓受氏數百年間有之敗類,而列爲常品,以概天之命,定性之等乎?且曰性之品有三,情之品有三,則未知性情之理,即有三品乎?抑附於氣而後有三品乎?猶不免於劉向所云"性情相應,性不獨善,情不獨惡"之差也。且曰:"下焉者畏威而寡罪。"苟非其性之本善,安能知畏,安能有寡?夫鸜鵒能言,不離飛鳥,猩猩能言,不離走獸,何以不若人之可制也,則公不移之言,漏於是矣。故言性者,自孔、孟之後,歷千餘年,至程朱而是非堅定。

性　論　下

人身有神,有性。神者,靈覺也。視性則微有迹,方諸魂魄精氣則妙矣。以其内足以運夫仁義秉彝之良,而外以管乎四支百骸之用。動静由己,變化無方,幾幾乎性之事,惟有虚實之分耳。聖賢於此,欲别而二之,則仁、義、禮、智非有塊然四物在氣之外,欲混而指之,則恐流於生之謂性、作用是性之異説。所以或謂道無方體,性有神靈,朱子既稱之,而又云"神靈"二字非所以言性,玩而復之,其於精粗離合之際,亦可以自得矣。朱子殁而微言絶,或者雖知神靈,不可以言性,又見人生以後,處心制事,莫非知覺之用,不更思其所覺之本,但以爲皆氣之爲。而所爲理者,特於氣之發見中節處見之,此虚齋理氣先後之疑,整庵於氣之轉折見理之論所由來也。或者見云爲之際,皆明覺爲之宰,不復體其所覺之實,而但以所爲靈者當之。此守溪性至虚至靈,如鑑之懸,物來則照物，去不留之。言陽明表而出之，而不悟其仍於釋氏之見是也。由前之說，則性在氣中，强弱由氣，使有志之士漫然無所察識，以知其有；泛然無所執持，以培其根。由後之說，則仁、義、禮、智，由外鑠我，使小慧之徒，高者逃於幽禪，卑者至於狂悖。深原其故，一則泥於理氣合一，不敢以離合目之；一則謂道體無爲，不敢以動静言之；又一則見知覺即性，不復於實理參之。然周子出太極於陰陽之上，張子分性與知覺，何嘗不離合目之也？周子言："太極動而生陽，静而生陰。"邵子曰："氣以養性，性以乘氣，故氣存則性存，性動則氣動。"何嘗不動静言之也？朱子曰："知覺不專是氣。是先有知覺之理，理未知覺，理與氣合，便能知覺，譬如灼火，因得此脂膏，遂有光焰。"何嘗以知覺即性也？可以離合目，則不必致疑於理氣之先後矣；可以動静言，則不當以涉於動静，即皆爲氣矣；理氣合而成覺，則不當以無善無惡名之矣。是故能覺者，心之靈也；所覺者，性之理也。見孺子入井而惻隱，見嘑爾蹴爾而羞惡，知惻隱、知羞惡者，神也。傷之切，痛之深，無所爲而爲；羞之甚，惡之摯，寧身死而不受，是專虚靈之神乎？抑有質然之性乎？是自外照乎？抑由中出乎？是理在氣中發見乎？抑超於氣上而爲之主乎？然則必有是性爲所知所覺之實際，而不淪於虚，爲能静能動之本體，而不雜於氣也明矣。末學固陋，不知王氏之是非，但見爲其學者放狂浮寄，故於虚齋之學盡心焉，而所謂性，終盡卷而茫然也。故竊意謂楚固失矣，而齊亦未爲得也，誠於二者之間，而知所以折中焉，庶幾乎得程朱之旨，以達於孔孟者。

右性說，今歲元兄所命作者。此理自朱子之後，漸以微失。有明三百年間，名公鉅儒互相詆訾，操戈前人，究其所執，不出此二端。使學者徵文考事，皆不能無疑。丁丑，來京師，元兄指示親切，歸而按之詩書之間，若有以得之者，故此論末略述所自，元兄不用也。念攘善無績，况心性之大，師承授受，粗有知識，敢忘由來，不可不識也。丙戌七月望前二日謹識。

本　性

昔在寺中有修浮圖者,浮圖自下至頂數十丈,頂上霤又斜高,工直陟其頂,出至霤前,當時見之,不能仰視,腰間酸軟,如不可勝。因思之曰:是氣乎?氣止於運動,運動不過能視此而已;是神乎?神止於知覺,知覺不過知視此而已。如此不忍,根於真誠,發於不容,已似不在神氣限内,畢竟何也?乃悟《孟子》"孺子入井"一節,非是以情見性,明是直指性體,使人識取聖人之至誠,念念事事,皆如此心。其次之思誠念念事事皆求如此心,王者純此心也,伯者假此心也。日用間認此作主,則自立志,主敬窮理,修身工夫,皆有著落。存之於心,念念懇到,非實心乎?見之於事,節節親切,非實事乎?雜此者非邪乎?假此者非僞乎?天地之大德曰生,聖人之修道以仁,學者之强恕求仁,自此玩之,是真實法;自此充之,是究竟法。自程朱後,性之理又晦,所以數百年中,儒者按本用功,渾無主宰。其間豪傑之士,不範馳驅者,遂認神作性,揚眉瞬目,自爲得之。而當時有欲於氣之曲折中見理者,有疑理氣先後者,所見又出其下。其弊似以人生之後,皆氣用事,而凡惻隱、羞惡、辭遜、是非之發,不過是理在氣中,發見如此。其於所謂不離乎陰陽者則近矣。試細分之,氣不過運動,神不過知覺,此一處非氣非神,别乎神氣之外,則所謂本體不雜乎陰陽者,豈不真且切乎?

易　論

班史言《易》之所自作,惟引《繫辭下》傳"古者伏羲氏之王天下也,仰觀象於天"一節。朱子亦據此以爲是,作《易》之原,而《河圖》、《洛書》之數,爲特巧而著耳。《河圖》是從微至著之理,一陽生而至於盛,盛而至於極,則陰生於内矣;一陰生而至於盛,盛而至於極,則陽生於内矣。此陰陽進退交互之義,而伏羲所由以畫八卦者也。《洛書》之位列布置,則因《河圖》十數,而寓乘除之法,因參天兩地之理,而著三才並立之道,大禹所由以叙九疇也。要之,《河圖》著陰陽往來之義,《洛書》明陰陽奇偶之數,皆爲先天之所自出可也。《先天圖》,邵子以爲伏羲所作,而以《説卦》“天地定位”一節當之。蓋因極儀象,卦生出之,横圖規而圓之,其義之精微廣大,一出於自然,非先天莫能也。《参同契》“納甲”之序,正與此卦位同。朱子所謂“方外之士,陰相付受,以爲爐火丹竈之術”是矣。故自漢以來,惟傳《後天》一圖,觀後世所有六壬、風甲、剋擇、葬經及諸鬼神、吉凶、方位、日時,皆出於此。而邵子以爲文王所定者,蓋因《坤》彖“西南”、“東北”之文,《咸》彖“取女”之義知之。然以震、坎、艮三陽,主歲之始終,而以巽、離、兑三陰助陽,生物於中。乾居西北,則所謂知大始;坤居西南,則所謂作成物。其體大而義精,未易言也。古來所傳,惟此二圖,至如今《易》文首所有大小横圖及大圓圖、方圖,則朱子因《繫辭》極、儀、象、卦之語,邵子一本雙幹之説演出,故於《答袁機仲書》自注曰“横圖乃是今日以意爲之,寫出奇偶相生次第,令人易曉”是也。但其生出次第、位置、行列,不待安排而燦然有序。比之並累三陽以爲乾,連叠三陰以爲坤,然後以意交錯而成六子,旋相加而後得爲六十四者,其出於天理之自然,與人爲之造作蓋不同矣。

重卦之説,古今不一。班《志》以文王重《易》六爻,作上、下篇。然《周禮》太卜掌“三易”:一曰《連山》,二曰《歸藏》,三曰《周易》。其經卦皆八,其别皆六十有四,則羲皇重成,爲得其真。至六十四卦之序,析觀之,皆以正反相從,如“屯反爲蒙”、“屯後即繼以蒙”之類也;合觀之,則文王必有取於卦畫可知矣。孔子專以名義釋之,有以相因爲序者,如“蒙之繼屯”是也;有以相反爲序者,“泰繼以否”是也。然一卦可變爲六十四卦,如《左傳》“歸妹之睽”之類,則相變亦可爲次;若取其名以發義,則《通書》之“乾損益”亦可爲次矣。《雜卦》析觀之,亦以反對爲義;合觀之,則雲峰胡氏所推,亦似非偶然者。而以“大過”以下,發互體之例,明非錯簡,尤見其巧合。然《左傳》所言“屯固比入”、“坤安震殺”之類,則卦卦可以相雜。要之,《序卦》相生,《雜卦》相對。然兩卦相爲貞悔,必有相生之義,亦必有相反之義。以是例之,卦卦相生,卦卦相對,無不可者。而程子所謂“《易》中只是言反覆往來上下”者,可謂一言以蔽之矣。互卦之説，則《左傳》敬仲之筮，略見其端，而後儒以雜物撰德，非中爻不備，爲夫子正言。其義王弼不主之，然諸儒推説多合，不可得而破除也。自漢以下，各因所傳推説，去其附會，存其所是，皆羽翼也。焦貢卦法，自乾至未濟，並依《易》書本序，以一卦直一日，乾直甲子，坤直乙丑，至未濟直癸亥，乃盡六十日。而坎直冬至，離夏至，震春分，兑秋分，不在六十卦輪直之數，此即京房六十卦氣之法。但房主六日七分，此但主一日耳，要非關《易》之大義也。惟《易林》每卦變六十四卦，共四千九十六卦。卦爲之辭，其辨雖未必皆合，而六十四卦之變，則朱子之所宗也。京房卦氣起中孚，終頤。内一運，列後天坎、震、離、兑四正卦，二十四爻，以司一歲二十四氣。中一運，除四正卦，餘六十卦，分公、辟、侯、大夫、卿卦，主六日八十分之七，凡三百六十爻，以司一歲三百六十五日四分日之一。外一運，又取中運内十二辟卦，凡七十二爻，以司一歲七十二候。隆山李氏辨之曰：既以六十卦主七十二候、三百六十五度四分度之一，而辟卦乃主十二月、三百五十四日，上下不相應，其失一也。六十卦，每卦直六日七分，辟卦亦在其中，是亦六日七分矣，而又列之於下，使主一月，上下不相應，其失二也。然房以卦氣言事多驗，史稱其説“長於灾變”是也。《火珠林》京集載乾、坤二卦，而成此書者不知何人。其法以世爲主，應爲賓，而身則世之所以爲主，大抵以所遇陰陽盛衰、五行生剋斷吉凶，用十二辰以定父子官財、兄弟之等爲兆六十。又以十千之所動者乘之爲六百兆，又以加於世應者乘之，總爲千二百兆，仿古龜法之遺，其用最爲有驗。而郭璞之《洞林》，亦《火珠林》法也。然納甲與《參同契》合，亦先天之一證矣。楊雄《太玄》其畫四，以方、州、部、家爲次，自上而下，上一書爲方，第二畫爲州，第三畫爲部，第四畫爲家，每四畫爲一首。玄生三方，三方生九州，九州生二十七部，二十七部生八十一家，合八十一首以象《易》六十四卦。首雖四畫，而贊則有九：一六水，二七火，三八木，四九金，五土，共七百二十九贊。末一首，上九後獨增踦、赢二贊，以象《易》三百八十四爻，亦用京房卦氣法。然房去四正卦，止用六十卦，故卦直六日七分；雄亦去四正卦，而重二十一卦爲八十一，則亦陋矣。以七百二十九贊，分配三百六十五日四分日之一晝夜，尚不足九辰，以踦、嬴補之，又多三辰，故朱子曰："《太玄》甚拙。"又曰："《太玄》紀日而不紀月，無弦、望、晦、朔。"然方、州、部、家次第，因重康節演《易》之極、儀、象、卦，一每生二，恐從《太玄》悟出，故終身稱之，則存《易》之功未可泯也。關朗《洞極》有-、--、---畫，與《太玄》同，但《玄》分方、州、部、家爲四，故相乘爲八十一；《極》分天、地、人爲三，故相乘爲二十七。其序以《洛書》九宫爲主，故以文王八卦分配九宫，而爲坎一、坤二、震三、巽四、中五、乾六、兑七、艮八、離九之序，此即六壬遁甲、太乙飛宫之法也。朱子曰："二十七象最亂道，若是關子明有識，必不作此矣。"司馬光好《太玄》，作《潛虚》以擬之，以《河圖》五十有五起數，五行各設二名，以配生成，而位次則《河圖》之序也，其分震東、離南、兑西、坎北者，乃《後天》之序，蓋是時尚未見《先天》也，作《氣》、《體》、《性》、《名》、《行》、《命》六圖以發之。然《體圖》自王至庶人十等，如京房卦氣公辟之類耳。《行圖》除"元餘齊"外，每名有七，自哀至散五十二名，以七乘之，共得三百六十四變，以配一歲之日，即《太玄》卦氣之意。其以七爲變者，本律吕七聲之法，恐皆牽合補湊之見，非自然也。九峰蔡氏《洪範皇極》以《洛書》之位爲主，六一俱爲水，八三俱爲木，二七俱爲火，四九俱爲金。兩陽相對，則數少者臧，數多者否；兩陰相對，則數多者臧，數少者否，五中則平。此亦以意分配，而非若《易》之吉凶、悔吝有定理也。以八十一數配二十四氣、七十二候，而均攤於一歲三百六十五日四分日之一之中，每數當直四日半有奇，亦《太玄》卦氣之意耳。要之，諸子之中，惟邵子有功於《易》爲大，故程子曰："堯夫推數方及理。"朱子曰："邵傳羲畫。"可爲定論矣。至《經世》所云，則朱子以爲《易》是卜筮之書，《經世》是推步之書，與《易》自不相干，只是加一倍推去。當時只説與王某，不曾説與伯温，是此書不傳久矣。班史《諸子目録序》曰："雖有蔽短，合其要歸，亦六經之支與流裔，使得其所折中，皆股肱之才也。"吾於諸家之《易》亦云。

周易稱時論

《易》之用皆以趨時，而舉時以贊其大者凡十二卦，稱時者四，時而稱義者五,時而稱用者三。夫時者,何也?曰時者,天也。有順而播者,有逆而成者。義者,何也?曰義者,宜也。有宜此以致其時者,有值其時而宜此者。用者,何也?曰用者,可施也。有不可而用之以成美者,有可而用之以有功者。頤、大過、解、革,何以稱時也?解以生之,頤以養之,此天地之仁氣,所謂順而播之也;革以更之,大過以固之,此天地之義氣,所謂逆而成之也。非無義也,非無用也。而時爲大豫、隨、遯、姤、旅,時而稱義,何也?以致豫,則於順動宜,以致隨,則於貞宜,此兼善之義也。以明决者宜於遯,以見幾者宜於姤,以柔正者宜於旅,此獨善之義也。無時不有,無用不然,故稱義焉。坎、睽蹇時而稱用,何也?坎非所用而於設險則固,睽非所用而於男女則别,此不可而用之以成美者也;止非常用而於見險則智,此可而用之以有功者也。因其時,當其宜,故稱用焉。何以皆爲大也?曰時者,天也。終始萬物之道,大何加歟?義者,宜也,不離道,不失義。大哉!時之經也。用者適也,時則用,不時則不用。大哉!時之權也。曰盡此乎,曰舉天地聖人、盈虚消息之理,進退存亡之道,悉之矣。同此者,以此類之;異此者,以此通之。皆時也,皆義也,皆用也。故曰《易》之用皆以趨時也。

太玄擬易説

昔者聖人仰觀天,俯察地,近取遠稽,知道不外於陰陽,而陰陽之往來錯綜,不可以一端窮也。是故自太極而兩儀,自兩儀而四象、八卦,生出之序,若由於人力理勢之自然,則固不可損益也。物生而後有象,象而後有滋,滋而後有數。得其全理,乃假於象數以明之,非意爲象數而强理,以必從之也。故民用可前,吉凶可察。天地貞觀,日月貞明,天下之動貞,夫一至矣哉!非惟不可擬,即擬之亦無庸也。楊子雲《太玄》擬《易》之作,蓋由於漢太初以律起曆法也。其法起於一玄,分而爲天、地、人之三玄:天玄一方也,地玄二方也,人玄三方也。三分其方,而以一爲三州;三分其州,而以一爲三部;三分其部,而以一爲三家,合八十一家,準《易》之六十四卦。天玄始於中,配中孚;終於事,配蠱。

地玄始於更,配革;終於昆,配同人。人玄始於減,配損;終於養,配頤。以象四時八節一歲之運。家有九晝,合七百二十九贊,準《易》之三百八十四爻,以象一歲晝夜之數。不及九辰,復作踦、羸以足之。此《玄》擬《易》之大較也。

嗚呼!此何爲哉!天下之理,不外乎一陰一陽,日之曉午昏夜,月之晦朔弦望,歲之春夏秋冬。大而元、會、運、世之推遷,天地人物之所以盈虛消息,以二紀之則皆準,以三推之則不行。且天主乎始,地成乎終,人參其中。玄之以天、地、人爲序,或亦未免於失次否也。《易》之陽不純吉,陰不純凶。失位或吉,而當位或凶。中正不皆吉,而失中、失正不皆凶。各因其時,觀其理而已。《玄》之諸贊,則晝吉而夜凶,特於吉凶之中,微分輕重,此又膠於一定之迹,而未講乎《易》道屢遷之理也。雖然,《易》數不傳久矣,八卦之象皆以爲連累三晝,而不復知有生出自然之妙,獨《玄》之方、州、部、家與《易》之極、儀、象、卦,根幹枝葉之所由出,互相發焉。或者邵子有得於此,而神明之於《易》,故終身稱之不啻口乎?存此者,亦足以爲邵、朱先天之學之證也。是則斯書也,僭《易》之罪不可恕,而存《易》之功未可泯。

太極先天出自希夷之辨

《易》之書,自四聖人之後,言象者則附會穿鑿,失《易》簡之道;言理者則雜引老、佛,以證成其説,鮮有能通其原者。蓋晦蝕已千餘年矣。周子《太極》、邵子《先天》,明《易》之書也。有太極,而後知陰陽、五行之生,有原有委;有先天,而後知陰陽生之序,有根有幹。其所以綱維大道之要,發明消長之機,簡嚴易直,真能得四聖之心者也。顧其爲書精約,而二先生又不苟以授人。至朱子,始知其立象盡意,實得大《易》之旨,爲之恢而大之,然後燦然大行於世。乃當其時,有言二先生之書,皆出於希夷陳氏。夫以濂溪得《太極圖》於穆伯長,穆伯長出自陳圖南,此朱子發之言也。然太極之名,孔子於《易傳》已言之,以明兩儀、四象、八卦之所由生,非出於希夷者。獨無極之云,而老氏亦曰“復歸於無極”。希夷,老氏之流也,爲出於希夷乎?但彼之言無極者,無窮之義也;此之言無極者，無形之意也，安可以此定其授受歟？獨胡五峰頗知之，以先生非止爲种、穆之學者；然亦以此圖之來爲有所自，又未爲知先生者。且种、穆之它文不見於世，使其所言，達有端緒，則朱子亦及之，不當惟云周子也。蓋朱子嘗以清逸潘氏銘先生墓文考之，知其爲先生所自作，而非有受於人矣。如此，則言太極出自希夷者，妄也。邵子之學原於希夷，則程子已言之。蓋易數不明，太卜失官，而方外之士，陰相付受，以爲爐火丹竈之法。至邵子，然後反之於《易》，推之於天地，而萬象之理昭焉，賾之於陰陽，而萬象之數睹焉。以數推時，以時從道。顯之而立卦生爻，釐然而有序；微之而吉凶消長，曠然若發蒙。雖其師傳之功不可厚誣，然所以契四聖，使後人有知者，則自得多矣。二先生之生，與二程子同時也。乃性與天道，程子不啓學者以躐等之病，故《太極》之書始終不及表章，而邵子之學則又未暇學也。是以數傳之間，龜山猶有先天之疑，陸氏猶據朱子發以辨太極。向非朱子，烏足以知是且非歟？學者生千載之後，學朱子之學，以通於二先生，其不出於希夷者，知吾道自有傳人；其出於希夷者，問禮問官，亦孔子之志也。是爲辨。

五行氣質論

朱子《太極圖》“五行”節解之曰：以質而語其生之序，則曰水、火、木、金、土，而水、木陽也，火、金陰也；以氣而語其行之序，則曰木、火、土、金、水，而木、火陽也，金、水陰也。夫等五行耳，理而氣，氣而質，非判然二也。其序不同，而陰陽亦異，何哉？試論之。蓋天地之功，惟水、火二者，乃水又最初。火者，水之暖氣也。孔子曰：“精氣爲物。”言精先氣焉。子産曰：“人生始化曰魄，既生魄，陽曰魂。”玆非其驗歟？土者，水、火之融結也。木者，陽氣舒而資於陰濕。金者，陰氣斂而鑠於陽燥也。五行之布於四時，非强合也，春夏秋冬之氣可以觀焉。五行之五色，非虛也，草木春實者青，夏實者紅，秋實者白，冬實者黑。穀，土也，而生成於四時五行之體，迭相宅也。水生於燥，火生於濕，而日之冬南夏北，春躔義方，秋麗仁域，亦其類也。五行之用，當時藏也。春木不華，夏無用火於南。白露之時，範金多泐，固陰冱寒，水泉則涸，五行之動，迭相竭也。木盛而金衰，水寒而火囚，五行之生，有和有仇也。坎之艮，艮之震，生者逆而相克；離之坤，坤之兑，克者順而相生。此五行之所以本於天，殽於地，變於鬼神，列於四時，凝於人物，參錯重見，而卒莫之窮也。五行之配陰陽者，金、木不變，惟水、火殊耳。夫陽盡午中，陰盡子中，陽生於子，陰生於午，故冬、春、夏皆可謂陽，夏、秋、冬皆可謂陰。水、木陽也，火、金陰也，生之序者，反其所自生也；木、火陽也，金、水陰也，行之序者，據其所已成也。且夫氣質離而求之則非也。春生夏長，秋實冬成，其出爲陽，其内爲陰，不知其氣視其質；水滋而木暢，火烈而金肅，其生爲陽，其殺爲陰，不知其質視其氣。特語生者，五行之體也，故曰質；語行者，五行之用也，故曰氣。依其類，則燦設而各分；終始求之，則錯綜而盡變。善通其意，乃知言者也。曰：周子五行之位，無以加乎？其説至矣。然周子姑循《月令》之文，必求其用之各得也，則當如後天於東西之維位艮、坤焉，斯盡之矣。

讀《正蒙》

張子之名道爲太和者，以其無舛逆、無乖戾而言也。故其言曰："天下之氣，雖聚散攻取百塗，然其爲理也，順而不妄。"其太和之説，與復名爲太虚者，象理之無形，如周子所謂無極也。其言太虚即氣者，蓋以明理氣合一之意。言氣之聚散，皆太虚之所爲，則太虚非離氣而入於渺茫，氣非離太虚而徒爲形器。如老氏有生於無之論，佛氏以山河大地爲見病之説也。蓋老、佛分有無而二之，張子則合有無而一之耳。其言聚散而不言有無者，則言氣之聚也。理在氣中，氣之散也，太虚常在，不隨生而存，不隨死而亡，蓋不以無視太虚之理，所以闢諸子分有分無之謬，又非如佛氏輪迴之云也。然而語合一者，不及夫子形上、形下之精；語有無者，未若周子無極、太極之妙。故龜山有云："言理只是言氣，言聚散流於輪迴之議也。"要亦辭氣之間，抑揚未盡，而深玩其意，則精義入神，毫釐不差。信乎！秦漢以來，未有臻斯理者也。

正蒙天道性心四名之説

張子曰:論天道性命者,不入於老氏;有生於無之論,則陷於浮屠。以山河大地爲見病之説,入德之要,不知擇術而求,以蔽於詖淫也。故推本其所從來焉,夫同一太極耳,全於天,殺於道,其降爲性,其官於心也。合之則同原而共貫,分之則隨在而異名。不知其合,則理氣天人不相待,非吾所謂道也;不知其分,則恍惚指象,亦終無以求得其端矣。故解之曰:天之名由太虚而有也,道之名由氣化而有也。性者,合虚與氣之名也;心者,合性與知覺之名也。夫天道之通復,即太虚之誠;天道之始終,即太虚之元。其全體太極而爲物不貳,可以爲造化之樞紐、品彙之根柢者,此天之所以爲天也。由是而大氣之升降飛揚,春夏秋冬,風雨霜露,無非道也;風霆流形,庶物露生,無非道也。蓋氣之迭運而不已,即道之闔闢動静之機也。由是而生人生物,氣以成形,而理亦賦焉。渾然爲道,生心爲性。性也者,理居人物之先,而名則在人物而後有也。生之理曰性,氣之精曰知覺,合而爲心。心者,神明之會,獨靈於其他臟腑,所以妙衆理而宰萬物者也。今以此四言而合於古昔聖賢之説,則太虚名天者,即所謂天,專言之則道也;氣化名道者,即所謂一陰一陽之謂道也。合虚與氣以名性,即《中庸》之"天命謂性"也;合性與知覺以名心,即《大學》之"明德"也。嗚呼!宇宙無更理,聖賢不更心,千載而上,千載而下,言不必相師,而理則相符如此。蓋有無隱顯、神化性命、通一無二者,可謂於心既得,而修辭無差矣。信乎!秦漢以來,未有臻斯理者也。道學不明,儒、佛、老、莊混爲一途,高者遁於虚無,卑者滯於形器。斯言也,將使學者知復虚靈不昧之體,而去其氣質之所偏,則有以盡心性之理,通晝夜之知,而與天道爲一矣。

讀《皇極經世·内外篇》

右邵子《皇極經世·觀物内外篇》若干卷。竊以爲先生悟先天之要,精思力運,以神明之周,由四方以樂,玩之觀之既熟,因有以得其共見、共聞者,發明而開示焉。夫元、會、運、世之數繁矣,而法曰:年之數不可見,時之數不可稽,及乎月有十二、日有三十,則人共知也。故以十二、三十爲數之本,反覆相乘,以至於無窮,而元、會、運、世皆可以近而明之矣。至於生物必四,人常疑之,然水火爲生物之本,而離四陽、坎四陰,則以四者括天之行,盡地之道,立人之紀,錯綜往來,無往不得其合焉,又皆可以心存目驗而必得之也。天聲之十爲韵,即通、止等二十四攝者也。地音之十二爲切字,即見、端等三十六母者也。干支相乘,子母相唱,以窮萬物之數,以通三才之類焉。夫是數者,衍之至於不可知,舉之則存於日用,先生獨及覺於尋常耳。而無先生大本之清明者,則固不能知其所以覺之之端也。説者又謂先生有前知之道,凡見於《雜傳》者,不足爲信,獨史載其聞杜鵑之語耳,此亦何足爲異?夫天時冬而趨夏,胎育之候也;夏而趨冬,慘肅之漸也。《先天圖》自坤而乾,自乾而坤,所謂北而南則治、南而北則亂者,豈不易簡而云難知乎?驟而語之,人以爲異,烏知其皆得於環中之趣也?《外篇》乃弟子記其聞於先生者,集爲别卷,推年運之數甚詳,其理與《内篇》相經緯,其文有公穀之遺焉。

《孟子》曰:人之所不學而能者,其良能也;所不慮而知者,其良知也。孩提之童,無不知愛其親也;及其長也,無不知敬其兄也。親親,仁也,敬長,義也,無他,達之天下也《榕村講章》

此章孟子以質其事親從兄,爲仁義之實之説也。夫子既没,有楊墨者起而侵亂之,稱仁道義而本末失衡。其流至於無父無君,使天下不知反之邇且易者,故蕩然失其所爲良心,於是孟子切指之曰:仁之實,事親是也;義之實,從兄是也。則既明且盡矣。又恐天下疑其或出於一人之私,而非必爲仁義之實體也,是以此章發其不學,而能不慮而知,以見其初,非强勉而實出於天命之本。然推其無不知愛,無不知敬,以明其達於天下,而非由私情之偶合,使人即是而求之事親從兄之間,則仁義之道至邇至易,固將有以自得之,而本末不差,惟行有序,彼爲我兼愛之云,不待辭闢而自廓然矣。竊嘗論之《孟子》性善之旨,則夫子所論"烝民物則"之《詩》,其淵原也。而其所静觀自得者,則因見孺子入井之惻隱,而知人性之皆仁;見嘑爾蹴爾之不受不屑,而知人性之皆義;因仁義之不假强爲,而知人性之皆善。因人性之皆善,是以義利之分、王霸之辨,養氣知言之功、察識擴充之道,而七篇之中無非此旨。蓋其平生學問,於良心發見之處,反覆推尋,至爲端的,故其所以告人者,亦樂以此處開示警發。如於齊宣,則因其愛牛而道之以足王,教人仁義,則因其不爲不欲而勉之以充類至盡。夫《孟子》之用意,亦若此耳。故又曰:"博學而詳説之,將以反説約也。"豈直務徑約,豎此良知一義,爲講學題旌與?《孟子》曰:"學問之道無他,求其放心而已矣。"明有"學問"二字在焉,坡謂不學而能,不慮而知,則必有當學而能、當慮而知者,豈致其良知之外,即都無事乎?彼自謂其出於《孟子》,則未知《孟子》之意果出此乎否也,其餘諸儒且有辨矣。

聖人作曆之原

聖人作曆,大抵爲順天以授時而已。天道之大,在寒暑四時,而寒暑四時,運於無形,不可見也。於是即日月星辰之行度,以爲氣序之準則。是故察日之出没,而晝夜明焉;察月之往來,而朔晦明焉;察日之發斂,而冬夏明焉。《書》所謂"曆象日月星辰,敬授人時";《易》所謂"治曆明時,觀乎天文,以察時變",皆謂是也。寒暑晝夜者,天道之綱,民用之本,其驗繫乎日星,故聖人定四方、候昏旦、參四時、考晷景以測日,數漏刻以推星,而分至啓閉,無所爽其候焉。至於朔、晦、望、弦,雖非民事所關,而聖人亦欲其參合而無間。故復立閏法以紀月,正次舍以定辰,使寒暑朔晦、日月星辰,皆相成而不相悖。蓋所以載成其道,而輔相其宜者如此,此《堯典》數章所以爲萬世治曆之祖也。至其所以治之之具曰曆與象,解者曰:曆,紀數之書也,象,觀天之器也,有曆而無象焉,不可也。所謂象者,大端有四:一曰儀,璿璣是也。蓋天度渾淪,日月五星,經緯翼道,遲速異勢,其間離合遠近,不可以目力齊也,故爲儀以象渾天,刻南北東西相距之度數,列日月經天之行道,轉而望之,以知躔離進退之常,伏逆遲留之變，則雖尋徑之間，而天體無所遁其形矣。二曰管，玉衡是也。雖以儀窺天，而人之轉瞬雖定，故復以管定之，横於璣之上，而凝眸焉。則考宿度，望中星，皆可以不失其位矣。三曰表，土圭是也。所以致日景而辨分至、定四方者也。以長短之極察之，則知二至；以長短之中裁之，則知二分；以二分出入之景揆之，則知東西；以午中之景正之，則知南北。故辨分至，定四方，皆由此也。四曰漏分。日爲百刻，而節水爲漏，以數其刻，斯又所以權衡乎儀、管、表、晷之間，定其分限，以爲測候之準者也。四者互相參質，以求天驗之詳。則所謂施之於曆，頒之於天下者，其推步不至於或差矣。蓋唐虞三代之遺法，其可考者如此。

推驗修改之實

夫天道大矣，在天爲尋丈者，在人未有分杪之可名、毫末之可察也。曆雖至密，毫末之下，豈所能分，差之毫釐，積久成者，理勢然也。是故治曆不免於修改，而修改莫先於推驗。推驗之要，曰測晷景以驗氣，考交食以驗朔，候合見以驗星，亘億萬年而不可易者也。夫日躔之無常者，東西而其有定者，南北以其晷而測其躔，積年累歲，以數相稽，則氣分宜可定矣。由是以月蝕之衝，撿其所在，而日躔、宿度亦可明矣。交會之顯者爲交蝕，其微者爲朓朒，數漏以考其薄蝕之時刻分杪，窺儀以推其朓朒之東西早暮，積年累歲，會其變，執其中，則朔分宜可得矣。五星之遲速，雖無定勢，而合見則有常期。展管窺候，積年累歲，稽其有常之期，以律其無定之勢。因其合日之行，以步其周天之道，則星行宜可正矣。其間節目雖多，而大端不外乎此。此司天之道，所以必本於實測，而不可以私術臆見斷焉者也。以此求天，不亦易且簡乎，而湜其意以紛紛也奚庸？

禘 祫 議 解

昌黎《禘祫議》，朱子本其意而明之，然謂“獻祖居初室，百世不遷”，是以獻祖爲太祖矣，景皇帝欲於何室乎？謂太祖以下，以次列於諸室，諸室則親盡當毁矣,太祖安能百世不遷乎?遷則安足名太祖乎?愚以爲此非韓公意也。韓公以四時之祭不及毁廟之主,七廟各祭於其室,太祖處百世不遷之廟,配天右享,極其尊嚴,是所伸之祭至多也。至禘祫也,毁廟之主當與,則獻、懿在焉,欲列爲昭穆,則屬爲祖父,不然則無其所。故當禘祫,獻祖暫居東向太祖之位,而懿祖與太祖父子暫序昭穆之列,等於群室。所謂"祖以孫尊,孫以祖屈",此乃三年五年始一舉行,是所屈之祭至少也。可謂灼幽明之故,知鬼神之情。獨有以得夫烝烝孝子,不忘其初之心,而知之明,處之當,萬萬無一可疑者。或曰獻、懿二主宜藏何所,韓公不明言之,何也?曰:未禘祫之時,二主藏於夾室,韓公未嘗非之也。但議者欲永藏焉,雖禘祫不得與,則爲非耳。如此固未明言藏於何所,而緣文求之,自然藏於夾室可知也。程子不敢以輕易讀公文,朱子稱其禮學精深,信哉!

雜記三條

實理爲天地人物之所自成,實心爲萬事之所自成,則人當有實心,已在言中,而道自道也,足人之當誠,非與"自成"句對敵並重。蓋道乃我之所當自行,而非人所能代我謀也。使人能代我謀,則我此心可以誠,可以不誠,惟爲我之所當行,而非人所能與,則不誠安能行道乎?愈見其當誠也。此説余童子時之師云。

"成己"、"仁也"四句,且泛言其理。至"故時措之宜",方曰:君子特患吾心有未誠耳,吾心一誠,則仁智兼得,仁智既得,則時而未見於物也。措之己者,人欲净盡,天理流行,而己得其宜矣,時而見於物也。措之物者,知明處當,而物得其宜矣。此師述一友之言如是。

甥將爲父喪,問曰:長孫代父服斬,然長孫之母在服重服矣,則長孫之妻何服?坡曰:或如庶孫婦服可。此禮於經無考,但《儀禮·喪服》"適孫期"傳曰:"有適子者無適孫。"鄭注:"長子在,則皆爲庶孫。"又曰:"孫婦亦如之。"鄭注:"適婦在,亦爲庶孫之婦。"以此例之,適婦在,則適孫婦亦同庶孫婦。今適婦在服重服，而適孫婦與諸庶同服，宜也。

擬復鄭玄廟祀疏

嘉靖九年，輔臣張璁奏更聖廟祀典，内一件請改祀於鄉者五人：鄭玄、鄭衆、盧植、服虔、范寧。其疏語曰："此五人，雖若無過，然其所行未能以窺聖門，所著亦未能以發聖學。若五人者得預從祀，則漢唐以來當預者多。"竊以爲璁言之謬也。自五帝成均之立，三代之間，漸復褒飾，有先聖，有先師，四時釋奠，皆以道德之人，能傳經授業、述往哲、俟來者當之，而功行事業之科，不在此族。漢承秦火，六籍灰灺，歷代以來，諸儒收拾遺亡，保殘守缺，世主美其功，錫命追爵秩，而祀之學宫，蓋仿三王四代崇儒重道之意。中間雖忠誠如諸葛亮、勛業如郭子儀等者，不與焉，以此知其選矣。按鄭玄等五人，功在人倫，世無遺議。而鄭玄尤其特出者，内行完好，令德四孚，雖黄巾賊徒，亦知敬而列拜。公車再召，高尚不就，而獨抱"三禮"遺經，研究始終，觸類推明，因此通彼，得制作之條貫，整百家之不齊，故朱子稱爲大儒。又推其有一副禮樂，其他稱道，不一而足，所以推崇之者至矣。如張璁者，市井無賴，背禮叛經，以希世寵，真聖門之敗類，聖學之蝥賊，烏足以知五人之所至？即以其言論之，曰"雖若無過"，夫終身無過，此其所至，居何等也？且僅曰"所行未能以窺聖門"，而不明指其未能窺者何在；僅曰"所著未能以發聖學"，而不明指其未足以發者何處；僅曰"漢唐以來當預者多"，而不能明指漢唐之間，何人何書可以遠過五人，與頡頏五人者若干。可謂虚辭滔天，自納於非聖無法之誅矣。伏惟皇上道全德備，推表正學，大者爵其子孫，小者榮以扁額。念此五人，被毁抱恫，百有餘年。《詩》曰："蔽芾甘棠，勿翦勿伐。"思其人猶愛其樹，況尊其書而廢其祀乎？希願聖明推先河後海之義，示反本修教之道，特沛德音，復其從祀。或欲再加詳定，未輕盡舉，則鄭玄一祀，先望酌復，使經明行修之儒，得蒙昭雪於百代，將則古稱先之士，咸遵皇極於萬年矣。

防　海

言險者莫如水，海尤水之不測者也。蓋巨浸稽天，既不可以里道計，而奸宄駕舟重洋，渺如浮漚之著水，又不可以追程。及以古來環海攻守，其法甚備，只可以紀一時之宜，終難據爲長策。竊嘗考《籌海》之篇，有慎設其守焉，有探止泊而遏之，有度要需而絶之。三者行，則小醜不難靖也。我皇上德被八荒，威加六合，地彌天區，界軼海外。而且沿海諸州設大帥，整巨艦，星羅棋置，未然之防，周且密矣。玆又命督撫大臣，會巡邊海，量度機宜，斯誠久安長治之至計也。愚請敬陳之。夫奸船雖往來海中，然非處處皆可登岸，必有泊步下碇之所，然後奸船可止，奸民可出。宜嚴檄沿海帥將，追尋前朝湯和所築自登、萊至浙五十九城，周德興所築福建海上十六城故址，擇其要害，量置兵守，詰其出入，捕其奸細，使之孤危無黨，所謂慎設其守者，此也。俞大猷曰：沿海安嶴，可避四面颶風者二十三處，可避兩面颶風者一十八處。然則奸船雖瞀不畏死，而疾風怒濤，亦必擇善地而停泊焉，豈能揚帆鼓枻，常出洋外？宜飭邊海巡徼舟將，不必以擒賊爲功，惟密偵其巢穴，即以大師擣之，自然可絶。此探止泊而遏之之謂也。奸船必資料糧，伺掠米商，能得幾何？所恃漁舟，陰載内米，與之交通，且日需淡水，宜登陸汲取，此水按程計處，皆有常所。當責成督撫，嚴檄濱海州縣，凡採捕漁舟，只許單桅平底，朝出暮歸，不許造雙桅尖底，經月不返。凡海船取水井泉之處，可湮者則湮之，不可湮者令土著之民十家輪守，設兵專汛，嚴立條格，犯者抵死。此前朝名將俞大猷、鄧鍾所反覆丁寧，以爲此二事實心行之，可以千古永絶海患。然則度要需而絶之，又是三事之最要也。

皋軒文編卷二

序

禮記述注序

諸經注疏，共最《禮記》。朱子教學者，看注看疏自好，然文字浩汗，班史謂説五字之文至二三萬言者，蓋漢唐講師之體爾也。又與諸經連部合梓，價重，匹士家不能皆有，即有而讀之，亦何得於制舉？故是書不講殆千年矣。宋末有《陳氏集説》，學者喜其便，祧注疏而崇焉。明初，爲之《大全》，裒然列於太學，坡始受之，竊病其未盡。及讀注疏，又疑其未誠，如《序》内稱"鄭氏祖讖，孔氏惟鄭之從，不載它説，以爲可恨"，夫祖讖莫過於《郊特牲》之"郊祀"，《祭法》之"禘郊祖宗"，而孔氏《正義》皆取王、鄭二説，各爲縷列。不特此也，考之全經，自五禮大者，至零文單字，備載衆詁，在諸經注疏中最爲詳核，何妄詆與？又《禮器篇》斥後代封禪爲鄭祖緯啓之，秦皇漢武，前鄭數百年，亦鄭預啓之乎？又多約注疏而成，鮮有新解。時而指注疏爲舊説，舊説似矣；時而著鄭氏曰疏曰至，著鄭曰疏曰盎，有德色若不遺葑菲者。凡此之類，抵冒前人，即欺負後生，何以示誠乎？抑譏漢唐儒者説理如夢，此程朱進人以知本，吾儕非其分也。今於《禮運》則輕其出於老氏，《樂記》則少其言理而不及數。其它整篇完文，多指爲漢儒之傅會，逐節不往復其文義，通章不鉤貫其脉絡，而訓《禮運》之"本仁以聚"，亦曰萬殊一本，一本萬殊；《燕居》之"仁鬼神、仁昭穆"，亦曰克去己私，以全心德，欲以方軼前人，恐未得其退舍也。許魯齋曰：宋文章近理者多，然得實理者亦少。世所謂彌近理而大亂真學者，須著眼目知要之言，可以發矇矣。至《大全》所集，尤爲狼藉。未論其它，彼陳氏方恨孔惟鄭從，不載它説，而其首例云“一以《集説》爲宗,不合者不取”,何自悖也?今者不量其力,本述注疏,朱子之教也。陳氏雜合注疏,諸儒爲文,或仍之,或以注疏增其未備,損其枝辭,標《集説》曰“從其實也”。凡諸篇皆妄次第爲之條理,童而習,白首而修,尊所教於父兄者,以施於子弟,切磋究之,爲就正之資,而非敢曰有得也。若夫侈口經緯,廣張質文,何異以丹青之陳色,繪日月之生氣。柳州所謂“非愚則惑”,不敢犯也。

周禮述注序

坡昔者年及壯,始治《周禮》,患其難讀,因求解於今人之所爲注者,亦復惘然。後受注疏以卒業,得能成誦,而於詁釋聖言之法,且微測其端緒。丙寅春,被命元兄,使類所聞以爲編,於是本述注疏,搜索儒先,以相發明;更以愚見,次其先後,修成《周禮集注》若干卷,可繕寫。嗚呼!唐虞之書,根柢數語;夏商之禮,荒略無徵。然明物察倫,所因所革,聖聖相授,遠有淵原,則求觀二帝三王所以反本修教之道者,舍是書何適乎?傳其心者雖存乎人,酌其通者雖存乎變,而其正大之情,周密之義,如身焉。其䄷氣之順逆,至於一毛之拔,皆關於心,如治室焉。數計之書録之細大幽顯,皆經於意,所謂以天下爲一家、中國爲一人者,雖百世而見之也若揭焉。乃衆説紛羅,或疑信相參,肆其觝排,以爲非聖之書。或借其大意,敷陳上下,如射策之文。或分割諸官,隸屬顛倒,求其切實訓詁,開解支條,自信於心,示信於人者,蓋鮮歟?夫道之大,原出於天,有廢興而無存亡。若禮樂制度,一不講學,則掃地無餘矣。夫子惓惓於斯文之興喪,朱子晚而於三禮之文尤加意者,誠以六經之書,言道者所以崇其知,言禮者所以卑其行,知崇禮卑,致廣大而盡精微,極高明而道中庸,二者都不可偏廢。故斷簡殘編,依遲顧惜,先聖後聖,爲萬世慮至深遠也。然則緣其文,求其義,去其師心武斷如前所云者,而原本先聖所以顧惜之意,固不必卑視訓詁,妄指康成爲支離已。爲方員者稟規矩,帆江海者由通津,高下異量,要於屬厭。區區鄙鈍,豈敢自内僭逾之辠,顧奉承師言,庶幾異日就正君子,存一得於千慮,抑亦小人之心哉!

儀禮述注序

禮有大節三:曰儉,曰節,曰均。取其備物,不美其財賄;適其中節,不責其多儀。貴者不重,賤者不虚,又爲之擯相以詔之,成禮以及之,等級相役以授之,故國不費而禮常行,節不越而分各得,終事逮下,皆足不餘。《儀禮》十七篇:冠、昏、相見、飲、射、聘、覲、喪、虞、饋食,所著其上下衣服、冕服、絲衣、朝服、布衣,瓦尊、漆器、綌冪、萑席,牲狗、羊、豕,體骨肉儀,黍稷葅醢,乃定上下位。著堂室簾階,東西門庭,坐立遠近,升降裼襲,君父報禮,臣子拜伏,有數有度,乃及均惠。冠、昏、媵、御、飲、射之鍾人、閽人,饋食之私臣、有司,皆與獻酬。自尊及卑,次第以至,吉無止息,凶無陵節,信儉矣,節矣,均矣。遽誦之,若至繁而非便,反復之,實條理而精簡,是以敬意嘉於神人,歡心美於大小也。後世浸失禮,有積重凍餒之防,賈生譏牆壁被文綉,程子嘆不教盡禮而使加禮行,今蓋寡,復之無由,昌黎韓公久已致感於是矣。雖然,由今之禮,師古之意,服食用器,靡而樸之,儉可復也。上驕下諂,酌而通之,節可復也。尊者成禮,而後及次;貴者成禮,而後及賤:均可復也。文不相襲,道則不變,人自不復,非復之無由也。難者曰:世誚禮如聚訟,何可一也?曰:此因諸儒不分經傳之失也。三代之禮,存者惟《周官》、《儀禮》爲經耳,"三傳"、《禮記》及子史言禮者則皆傳也。如《郊社》、《左氏》、《公羊》、《曲禮》,皆言不卜;《穀梁》言卜,而《冢宰》有卜日,則言卜得矣。《晏子春秋》言四時祭祀,皆用孟月;而《大司馬》明著四仲,則仲月得矣。如此之類,議禮者以傳博經之詳略,以經正傳之是非。楊子謂"衆言淆亂則折諸聖。聖存則人,聖亡則書,其統一也",知其統一,何聚訟之二乎?若乃平時幽冥而不究其變,臨辨則亂,掇而堅守其殘,誣《周官》爲莽、歆竄入,指其陰雜,病《儀禮》推士以及天子,小其不完,則非所知也。

儀 禮 圖 序

《儀禮》全經諸圖及《旁通圖》,信齋楊先生本朱子遺意而作者,湛思縷析,細大不捐,可謂精且密矣。然圖各在本經節後,頗患方於前板讀經,又揭次板觀圖,彼此數目,互相推挽,乃思古人左圖右書,則去此患。蓋圖書異部,一左一右,庶微吟而緩視,兩適其求。丙戌,在京師,與從子世憲謀。憲性静,又善推索,遂校講自繪,歷一時而成,果良於所本。歸家侵尋,欲謀付梓,而憲殁矣。近年,有事述注,因從憲家求觀圖本,命書童摹得,一循其周折曲直,而歸底本於其子。

校古易序

《易經》傳亂者二次,復古二次。漢費直初以《彖》、《象傳》釋經,總附於卦爻辭之後。鄭、王宗之,又析附卦爻辭之下,增以《乾坤》、《文言》,始加"彖曰"、"象曰"、"文言曰",以別於經,而《繫辭傳》以後自如其舊,歷代不改,是爲今《易》,程子所仍以作傳者。自嵩山晁説之始考訂古經,釐爲八卷,未能盡合。至東萊吕氏乃定爲經二卷,傳十卷,是爲復古《易》,而朱子《本義》所從者。明永樂朝,胡、楊輩編修此經《大全》,不考古今之正意,其但以分勢相權,謂朱當從程,因割本義以隸傳,何其陋也!三百年舉場中,連彖象之傳,合爻象之辭,綴以爲題,司文命之選人構之,傅會牽合,無復倫理。而自新學小生、老故宿儒,告以卦辭爲彖,爻辭爲象,"彖曰"、"象曰"乃夫子之傳,或幽冥而大怪。嗚呼!失其義,陳其數,且曰賤工,况此猶非數,不過著書名目耳。此之不辨,則於至賾之象,至微之理,深於此者,豈當望哉!檢孔疏《正義》、《十翼》篇目,仍稱上彖、下彖、上象、下象,不著傳名,又恐生亂。竊取蔡先生《蒙引》所論列者,訂成十二卷,爲經爲傳,字各昭然,存如左方。

性理大全後序

道統之傳,有自來矣。孔孟既没,而經書又灺於秦。漢之群儒,理遺文,次殘編,守聖人之經,使後人有知焉。其於扶樹教道,實勞且苦。隋唐之代,間生君子,如碩果之在剥,於存道悕矣。至宋,聖賢迭出,而後天命人心,劃然復正。

蓋嘗論之漢唐諸賢，方之有宋，以德則不及，以功則相等。譬之水然，河海雖大，川流之積也；川流雖分，河海之原也。周、程、張、朱，其心領神會，固超然獨得於語言之表，然使微文無稽，載籍壞亂，而欲質離合於千載之後，其得失勞逸，蓋難言之也。是則觀巨海者，泝淵源於廣澤大川，亦遠有端緒哉！顧自程、朱而後，宋元之末，學者涉獵師説，輕觝前人，不有公心而務好勝，是未之思也。夫使前者已邈，後者未興，六經幽遠而難貫，異喙争鳴而競奔。當此之時，諸子生乎其間，無程、朱以爲依歸，果能默契道體，卓然於公私邪正之分，如董仲舒、王通、韓愈諸君子乎？抑將有以軼之乎？無亦僅止於此也。嗚呼！其亦不恕甚矣。有明學者，竊性天之餘緒，剽厭飫之句章，僴焉操戈入室，排擊其宗祖，遂使傳經諸師多廢祀典。夫諸師功在天壤，豈以靡言爲顯晦，乃齊聖不先，在程、朱亦有諸姑伯姊之誼，而狂呼誕謾，徒自納於非聖無法之誅，蓋不能無憾於宋元之季，諸儒失言之遇也。胡、楊之徒纂修《五經大全》，採摭群言，雜而不貫，適足以晦先聖先師之旨，而亂學者之觀聽。至《性理》一書，則又斷自宋元，而下噫漢唐諸儒，研極經傳，昭示來人，雖未足以希望程、朱，豈都無格言至論，可附於上蔡龜山之後歟？然諸先生之成書語録，燦然具在，分門彙合，又便覽觀，故仍舊編，服而習之，實亦未能釋然也。

韓文後序

坡昔年二紀，始從宗兄受韓公文五十餘篇，蓋於時未知學，又以鄙鈍，少小所習經書及貢士之文，過而輒忘，至業公文，一二讀而口舉而心迎之，久而存之，私自幸謂耳目心思或未至絶塞者，因從友人得公全書，伏讀竟年。後又遍考《小戴記》、《春秋三傳》及《周官》、《儀禮》二經，皆少所不能以句者，求識之，自志公文始也。因不忍有去，於是而中以程朱之言合之，抑又卓然而非諸子之所及，竊謂公能知道者，非獨其外之文也。夫以五常爲性，次之以三品，則亦純粹至善，而有剛柔善惡，中之謂也。仁義爲性而以博愛行，宜之用言之，則亦愛曰仁、宜曰義之謂也。濂溪者，程朱之所宗也。公之言，濂溪之所合也。引經不盡格致，則緣佛氏清净寂滅，有近吾儒誠正之功，因以山河大地爲見病，不復有齊家、治國、平天下者，故舉以祛其蔽。而格致之事，彼佛未嘗及之，是不害爲因事立言，而本末不差者也。它如書叙、表狀、傳牒，所以明道察經，定禮斷事，德刑之後先，兵法、監政之弛置，逮乎公鼎侯碑，皆足知其沉潛。信古無有剽賊而領其本根，懇惻條理，非如儒生文士，止守偏業，繩準不阿，見褒譏之直意也。嗚呼！於前聖數百年之後，蹶然而有起；於後聖數百年之前，中立而取衷。坡每觀於立言數公，晚多内外於二氏，不雜如公者一二焉，公於是乎賢遠於人矣。而生程、朱之後者，一涉師書，侈然自謂知道，以觝公於俗儒、詞章之間，此其是非功過，萬世自明之，於公未有損益也。坡非能言公者，獨是知習公書，於今十年矣，亦述所見，挂於篇後，以俟温故之功，方就有道而正之焉。

西墅先生詩集序

坡少時受書，先子出明殿元曾先生所爲廷對策，課以六日，諷盡其編，靡所不能。自六經疑難，旁及律曆，搜原鈲委，千支百凑，聚散抑揚，卒澤於程朱仁義之旨。辟儒雜家、譁衆取寵者，莫能與校其尋尺意。其有他文，别見於後，而五十年中，無所更索。今夏邑使君，曾侯先生之世也，示以西墅殘集，蓋先生詩之僅存者，授而卒業。竊謂詩者，六經之一體也，抑不本於五常，則無以感物造端；非游文於六藝，則不能材知深美。故曰登高能賦，可以爲列大夫。觀先生之造，詞麗而則，不淫不佻，其班史稱荀、屈有惻隱，古詩之義乎？取材工致，去其逃難怪迂而湛密無窮，至璞不雕，猶爲初盛之響。若昌黎韓公所云"陵暴萬類，誅求蟲鼠"者，則又李義山、皇甫冉之亞匹，真異才也。嗚呼！歷世遠矣，侯言先生之祀，三世失祚而精爽不二，依遲於什一匏鹿之中，以待二十年登進於御集。老氏言：子孫祭祀，不輟爲壽。又言：死而不忘爲壽。是故烈士重名。柳子厚之没也，與劉夢得書曰：以遺紙累故人。彼其付寄於生前之促膝，與先生冥感於遠世之賢昆，神無久近幽明之間，其垂意不忘均也。今傳矣，掌於外史，聞於四方，身賢賢也，揚賢又賢也。不腐之業，非侯之誠，其孰能卒之？李咏君平曰："安知天漢上，白日縣高名。"少陵吊李曰："千秋萬歲名，寂寞身後事。"夫縣天漢者必不寂寞，先生今與李、杜游，其自知之矣。感侯惠，輒爲校乙而書。五十年所以心儀且得僅見者，以志其私文不足道也。

李芝麓學使太翁文集序

古之君子，無時不學。安居深念，勉持其心，平其血氣，誦讀前經後史，汲汲焉無斯須不察其理，通其曲折，而服其精粗。出則涖官治法，入則事親撫幼。所習上古當今之事，不遠遺於孝子貞婦，不聽瑩於誣妄。所遇名物方言，必索其由。夜而息，夢寐幽明，必怵其動。蓋大至寒暑春秋之變，小至曉午昏夜之異，勉强勤苦，皆必有事焉。所以終身於折矩引繩之中，而不爲利疚於回者，雖賁育莫之奪。即時作爲文章，又皆懇惻條理，而有可旨之味。若錫翁宗先生，其於古君子吾何後先焉。讀其書，其道必本於人倫，明於物理。其學自謹小慎微以往，修其遜心睿志，辨疑著信。其要在於立身存道，不以生死易一民之命。自學之不講也，人士掇其毛皮，攘其土苴，少而成名，則少舍之；壯而成名，則壯舍之。以苟媮之學，而惰棄於既得之後，所以日失月忘，其規爲言語，無以異於常人而加恣焉，使俗下以儒爲詬。讀先生之書古之道，其亦知所以自楷也已。令子芝麓使君視學閩中，清以遠俗，師法古風，卓然典型，淵源所漸，見先生之澤長也。坡受以卒業，因復自感。丁卯之歲，受命於元兄，曰："成注《周禮》，甚善，但《冬官》原闕，非簡脱五官之内。吴臨川、方正學樊然附離，恐非其的。"丙戌夏，至京師，命注《離騷》，而曰："以屈子繫心懷王，恐中間虙妃、佚女、二姚，乃思賢助治，非歷九州而相君者。"今觀先生《周禮通義問》及《讀離騷志跋》，與兄云不少異焉。昔太史公周由四遠，博長老所稱，以合於古文，況賢士大夫之特識哉！謹撮要旨，著於經端，以卒兄志。斯妙契神合，無俟後世之楊子雲，豈非厚幸哉！

曾石巖詩集序

班史曰："《詩》以正言，義之用也。"言之不足，故咏嘆之，淫佚之，終軌於道，而後志可見，義可用矣。韓公譏晉宋以下之凋耗，蓋剽盜爲言，而不知正者。近儒謂韵不必沈，語惟所意，故誤以鄉音，間以俚辭，自爲正，而已非言矣。古者太師教六詩，非其言則不體，本六德，非其正則不類。一不少審焉，其失義均耳。邑侯曾使君示予所爲詩，玩而復之，滂葩而辭不靡，力運舒慘而氣不傷，平衍紆餘，時見瑰怪擢焉。感懷叙物，而雜興以逸緒閑景，此皆碩儒宗工所探於《三百》而爲抉秘者，侯固深入其阻矣。若夫格律之高，選調之美，其胚胎於陶、白，而得其肖乎。涖邑一年，政事修治，清而容物，善不近名。誦其詩知其無藏心，見其行知其無逸義。班史之言知德哉，邑人士慕而願得善哉！武城之歌，單父之琴，以小邑令名萬世，學者猶惜其鏗訇鼓舞，不傳於後，可以理其音，想見其爲人。今侯之治，師門之所漸也；侯之詩，弦歌之遺也。異日者政成而民和，宮商以宣之，金石以諧之，有二子之名，而留其逸響者，將於是乎在，故叙而行之。

曾石巖時文序

竊謂取士自三物之後抑，制義猶近之。蓋其理依仿經傳，其文之上下比義，盈反減進，猶有禮樂之餘。昔之能自立者，略引切其程式，而奮之以古辭，懋之以經術，不顧於所遇之枯菀、有司之好惡。然碩儒宗工，由是道者多卒得之，故居有可守之志，出有可行之學，而文之在世，辭理又皆周古，而有可旨之味。其敝也，家秩其書，人習其事，而意則背馳焉。儌幸一試，稺年得之，即稺年棄之；壯年得之，即壯年棄之。貌未脱嬰孩，而裒然自爲先輩達人。數年之後，其衣冠言動，嗜欲翫好，滅裂苟婾，都不類儒。一出而試官，無得於己，無可以及於人，使上下以儒詬病。噫！此貌儒之過也，而豈儒者之罪哉！邑侯曾先生來守吾縣，其行政施惠，以經術潤遠矣。興學勸文，會諸生課，必自著以楷之，坡皆從讀焉，深迴高邃，未能卒窺，惟知其澤於程、朱，經之理也；摹於正始，辭之古也；較尋丈於累黍不差，式之程也。諸生皤焉日異，而歲不同，非得於己，其能及人至是乎？今天子大聖，日日乾行，性於經，粹於理。又以學古通經,風厲九土,所謂“周行多俊乂,朝廷半老儒者”,先生其選矣。顏夫子曰:良玉度尺,雖有十仞之土,不能掩其光;良珠度寸,雖有百仞之水,不能掩其氣。異日羽儀朝家,輝映中外,此數篇其行首已識者,其反復之,悠揚之,勿漫讀也。

孫思哉福安課文序

古者教民之官,擇使有道者、有德者,仕不出其鄉,而其所以教,則防僞之禮,防情之樂,内以中和,材成焉。今之儒官,宦不過鄰近州邑,則古鄉官之遺也。其職以經籍輔道邑士,使之由經知道,作爲文章,勉就程式。其氣必適於理,其文必和於氣。猶禮之進揖退揚,樂之大昭小鳴,亦中和之教也。顧爲文者如拾級,觀文者亦如登梯。苟欲與一邑之士,較理於分寸,候氣之存亡,非理明氣定者,則處下而窺高,將不暇以審。吾甥孫君,精通四術,沉潛奥旨,追章鏤句,抉陳著光。受業於太宰伯兄之門,師弟間自爲知己,諸友雖賢,莫敢望焉。昔年分教福安,修廟廷,頻課士,循循引掖。未幾而列於學、舉於鄉者,皆所第之最也。近服除,改授邵之泰寧,出所試福安之文,擇其可者若干首,余受以卒業,而言曰:福安之信齋楊氏、樵川之公晦李氏,皆文公朱子之門人也。文公教以涵養須用敬,則定氣之本;教以進學在致知,則明理之要。今君前後分符,皆文公師友之地,高山仰止,舉四術而崇之,以揚文公之化。邑人士趾其先正,以服君之教,斂氣求理,服膺斯文,擇善而從,皆羔雁之良,行道之幟也。信齋《儀禮》、公晦《記録》,吾嘗盡心焉。用世之文與傳後之書,辭意雖異,而以理爲主、以氣爲輔則均。吾老矣,猶樂於知己,觀其盛也。

萬爾言文集序

昌黎韓公言:文志乎今,則切近昧陋;志乎古,則當用而迂。夫今文各以代尚具具,而因剽盗爲辭,不求得於心,謂“切近昧陋”是也。夫古文者,取是於理,取材於古,乃後法經傳爲體,翦截浮言,存其精實,使人誦之。則爲文舉而施之則用,用之有宜否,則迂不迂見矣。今世荒句弃辭,以市井往來劄簡之體,謂之古文。稍優者,乃知搜疑難之字訓,拾僻子之怪談,以飾其醜,即以示制舉之士規墨切繩者,猶知意惡,而何論於用,何論於迂?不迂之未及古者,蓋通人之所難言也。吾友萬君,集近著賦及文若干篇,坡受而讀之,丹黄點勘,篇爲之評語在篇後。要而論之,其材美工巧;概之括之,無枉木焉;砥之礪之,無頑刃焉。非今人之今文,則進於古矣;非今人之古文,則絶於今矣。下枓上喬,擢其秀榦,特達無君比也。《詩疏》曰:"取彼素絲,織爲綺縠。"或色美而材薄,或文素而質良,惟善賈者别之。感君能自力以進於是,故妄舉古今,美其大都,毋畀牙儈、未辨名實者,得以緄之。

萬爾言詩集序

昔人事無鉅細,皆有彀率。古者太師教"六詩":曰風,曰興,曰比,曰賦,曰雅,曰頌。以六德爲之本,以六律爲之音。蓋言先有本行,又就彀率,使之體不失正,聲不逾節,而後五音以和之,金石以播之。《三百篇》律法精嚴,顧寧人之《本音》備矣。唐世如李、杜、韓、柳,傑卓一代,而古詩通韵本《三百篇》,得聲氣之始,近體用律,校於聲病,無毫髮之差,乃知賢人君子藉已成之法,以斂其才,平其氣,所以通古今之宜,適雅俗之程,其傳世行後,非偶然也。吾姻友萬君爾言寄吾所爲詩,翫而復之,縷脉分秀,風操柔茂,一篇之中,氣候無停態,而桀森然,其工於彀率者乎?吾昔在家,見君及先人貴盛時,恂恂不縱爲浮靡遨放之習,其敦行夙已心識,今二十年矣,能自力爲詞章,以玩於時而進於古,質有其文,吾誠樂之。康節詩云"雪月風花未品題",朱子稱其有與點之意,君勉哉!代匱之身,老而投閑,雪月風花,尚能與君賦之。若夫冶金伐石,銘鐘鏤鼎,君自有之,不以爲言也。

林默仲詩集序

康節詩云"自從删後更無詩",蓋言聖筆所登所下,化工之神,後有删者,不盡合聖,雖有如無耳。真西山先生《詩選》或議其"使徐、庾不得爲人,陳、隋不得爲代”，即是意也。若謂後世之碩儒宗工，不及曹、檜之風人，則失其旨矣。夫君臣父子，至性之所趨；風雲月露，悲愉之所感。宇宙之誠，終古無改，則古今之本誠而出形爲歌詩，何不可相及之。有林君默仲，涵才積學，凡感於倫，䋣於情，觸物成方，一發於詩，合數年，于其編其鉅。玩而復之，辭皆感心摯矣，意無佻儇厚矣。掐章擢句，取節於五降不苟矣。摯誠也，厚誠也，不苟又誠也。一唱三嘆，讀之而有遺音，誠意之感而入也，君可謂得深於此矣。君之分門部居，名友各爲之序，而命坡曰“子書其後”。坡每念《詩》者，經之一體，學之其宜，然少長於三百篇中，自顧誠心未立，雖中林之夫，漢上之女，猶至今莫曉其義，故時有搜春摘卉，終發慚而不敢出也。感君能自力，以至於是，竊述所聞，以推大之而騂然焉。

同邑友池君詩緯序

《莊子》曰：“語道而非其序，則非道也。”朱子以爲然，恒舉似之。夫大匠作室，規一室之鉅，細於尺度，大自杗桴，小至闑柶，長短之所以相得，題鑿之所以相入，有倫有類，分寸不苟。况號以爲經，常也，法也，則其章句後先之間，精者乃理之幽顯，乃用功之次第，觕者亦支凑之分合，脉絡之唱和。朱子教學者，析之極其精而不亂，而又合之盡其大而無遺，蓋甚重此序也。漢注簡嚴，欲人涵泳而自得之；唐疏間言其序，而不皆詳。然《易》有生出之序，夫子又有《序卦》之傳。《書》則四代，《春秋》則編年，《禮》則五經，獨《詩》風、雅、頌之序，僅見於《周禮・春官》“太師教六詩：曰風，曰賦，曰比，曰興，曰雅，曰頌耳”。至“風”之十五國，“雅”之變正，與其篇什之終始，論者多及，而漫不能省。朱子《詩傳》猶然闕之，况其他乎？吾友同邑池君，明毛、鄭《詩》，通於古義，覃思多年，今春惠示坡以《詩緯》，玩而復之，本述朱傳，參以小序，鈎連篇章，各有條理。無艱深之辭，無詭正之旨，輔翼經傳，卓哉其各自名家也。嗚呼！斯道之不復久矣。主司忌諱，而命題老生揣合以備數，號通經者揀録章句，至舉場乃略涉之，幸而得一名，獲一第，蹇侈自以爲先生前達，而通《易》者與言否、剥諸卦,通《書》者與言《顧命》諸篇,愕然如兒童之聽雷電,如没溺之望津涯,不惟幽冥莫舉其義,且不知《易》有否、剥,《書》有《顧命》之文也。然則幸成苟就,僅庸夫孺子榮之耳,信今楷後,亦將以是加損乎無也。太史公稱砥行立名者,附青雲而聲施,故漢唐之注疏、宋元之大全,諸儒以解經名顯者,如五緯垣星,希日月之光,自託於無極,則君之可傳必矣。雖然,坡之言者,古道也,非志古道與君朋者,慎勿以斯文觀之。

王三槐一得集序

自秦炧六藝,《易》以卜筮書在太卜獨存,抑不知《先天圖》失以何年。至西漢末,九流樊然,陰陽、占相、山經、日曆,法之所起,皆自後天。如《焦易》以六十四卦配周歲,而去坎、離、震、兑。楊子《太玄》起中、孚、交、復,及去此四卦,與焦同是也。惟《參同契》、《納甲》仿佛先天之序。《太玄》方州部家,以次相生,與《易》之一每生二合。但《易》自下而上,《太玄》及關子《洞極》則自上而下耳。《洞極》以文王八卦分配《洛書》九宫,其法以節氣分陰陽,以陰陽分逆順,而飛九宫以定局焉,此即六壬、遁甲、太乙飛宫之法也。六壬主於時日之旺相休囚,遁甲則以八門所加之方,太乙則以太乙所臨之地,蓋皆以二十四氣,周一歲之運,其氣同而其術異也。至康節先生發明《先天圖》及八卦,生出次第,而後《易》道復明,方術之書更相祖述。吾友三槐王君,習儒學而通於楊、廖家言,以山川形勢,陰陽向背,所值理氣雄止相生勝,盈虚休旺,以決吉凶,干支百凑,參錯重出,學斯道者,莫與究其涯涘。指畫塋兆,稱量而畀,不以隱約富貴稍二心焉,蓋有道而逸者。出其《一得集》曰:“爲我序之。”坡未學此,深不至而淺無當也,惟少小受《易》,自注疏傳義之外,如《易林》至《潛虚》諸書,祖《易》、仿《易》者皆一涉其門户。今觀集之首圖,即邵之《先天大圖》,圖其生出之序,朱子所謂八卦之上、各加八卦者。次圖卦氣用後天,然空乾、坤、坎、離,似雜用焦、京、邵子之《易》;三爻變曜,自上而下,似摹《太玄》、《洞極》之法。三圖《子父才官》本《火珠林》,上、中、下三元及重卦名本《太玄》、《洛書》,九宫本《洞極》,而皆不同意,必後賢推明,師其意而更新其術。今君能會而貫之,以分以合,受條受理,此固諷標題、取青紫者之所甚愧也。百家之書,班史云“亦六經之支與流裔”,然《山經》,坡有取者。誠以辨五土之方,相民宅,知利害,《周官》詳之;《雅》詠《公劉》,“相其陰陽,觀其流泉”;郇瑕淺薄,新田深厚,紀於《春秋》。其來既久,其道最真,且喜君力造其微,視俗士之苟貪貨食,遂誣山川,迥然淵霄也,故樂序而行之。

僧愧斯語録序

余幼時未識敬體,持心甚苦,後得上蔡謝先生惺惺之訓,始去拘局,旋知自常喚醒,乃一禪師如此,先生蓋用其説也。故心性之語,時好與高僧質。鋭峰者,吾祖父時尊宿也,往來尤密。一夜,語余曰:“一人成道,十方世界隕滅。”余曰:“和尚寂寞,曷不云致中和、天地位、萬物育乎?”又一夜,語余曰:“臨濟一喝具四教。”余舉手開指曰:“此指是有夾指,中間是無,非有非無,其似也何於?”後之數日,鋭峰手一刮細木罳,及自結纓拂,畀余曰:“以供清用。前夜所言者,尚有其半,後當自得之。”年來雜見佛詩,有云:“撲落非他物,縱横不是塵。山河及大地,全露法王身。”乃知所隕滅者根塵也,即私欲浄盡之意也。又云:“有物先天地,無形本寂寥。能爲萬象主,不逐四時凋。”乃知寂寥非有也,爲主非無也,即無形有理之意也。追思鋭峰得半之言,未嘗不發嘆也。愧斯學本齋戒,談資義學,心宗禪理,凡大乘經藏,無不閲玩,僧徒侈爲極博,所至人人著信。十餘年中,牧伯郡紳,延以昇座講法者凡二次。邇拄錫月峰巖,集前後問答爲《語録》,俾余序其後。余不習西方之教,烏足以知是且非乎?伏念師友道喪,每心性切近之言出以語,同學間多指爲怪迂,而俗學所諄復者,又皆昧陋而無可旨之味,反不如方外尊宿,迥然向上,故爲舉鋭峰往復一二,使觀此《語録》者,知可以證悟,可以發疑。即儒者亦可因彼種之有秋,而耻吾穀之未熟,皆注兹挹彼之藉也。善財童子,五十三參,凡鬼神、仙道、士農、工賈、技藝之屬,莫不遍參歷扣,彼家精勤,能不遺一法如此,觀者其留意焉,無爲貴耳賤目也。

送同邑李九扶序

同邑李君，少治儒書，有逸志，中間輟去，寓於技，以能名，詩琴、字畫，鐫章雜治，出其手者，皆有神明，貴人達官以至儕流，慕而求焉。歲月已久，積若干卷，李耜卿曰：自儒術之僅資口耳也，神會心得，工於藝者，反能之。吾聞昔有傅生，善鐫章，或從之學，授以石，曰且刮之，圓者信圓，方者信方，自能矣。刮之餘二年，圓者信圓，方者信方，果能矣。夫道之大小，豈有殊哉！心中運，目中轉，手中習，使規矩繩墨生，則方圓曲直不可欺，方圓曲直不可欺，則於道不可勝用矣。夫傅生一技耳，而其得若此，今君所能既多，多而且暢其微。吾兄周卿云："視之粥若無能也，敂之靡所不有。"嗚呼！海涵坤負，不規矩於見美，則著於編者，其大都耳。應心動物之妙，李君之所得不止於此也。因緣幸會，吾其偕之游，以廣吾志焉。李君諱鵬，字九扶。

皋軒文編卷三

傳

代伯兄爲仲父家譜傳

通判伯父日爗，字葆甫，號漁仲。先君兄弟六人，伯父其次也。幼遲重有度，不類常兒。稍長，嗜學，善屬文。雖應舉爲詞章，而綽有經書，運以古力，俗下怯束，我獨有餘。年十八，補弟子員。又十餘年，受廩，一時前輩鉅公見其拔出，莫不憚慕，願致之門。甲午年，以恩命登鄉貢。是時，鼎革之初，窮陬奥澨，猶或未覿去就，結仇黨，依萑苻，以逆官吏，爲鄉邦害。北瀰沙尤，南傳漳界，其大酋屯安、永之境上。歲乙未，先君與季父舉家陷賊，先君間脱，光地兄弟從季父，爲賊取置窮山中，要重賂，先王父以憂卒。伯父時在省，來奔喪，既哭而息曰："賊欲利吾財，我且盡山田産，夾以金帛，庶其可釋。"即自從一僕敂賊壁，賊魁侄、故建義侯林興洙遮半道留曰："汝欲效入壘争死乎？今賊不古，比汝歸若何？"伯曰："吾辭先人來矣。可則生歸，購幣以贖，不可將俱死也。"遂入見其魁，與要言誠求欷歔，魁義而許之。明日辭歸，至家，傷弟侄寒露饑餒，剋减午食。蓋以兄弟六人，二當一食，叔季居中，故爲損中飧焉。作《减食辭》，其序曰云云，詩曰云云。自賊歸，悉書山田券，貸多金以遺賊，受産與金，終無歸意，遂墨縗起兵。賊立保峭壁，盤踞十餘年，官軍熟視莫何。伯懸厚格，募人鄉道，得永人郭九，遂宵選死士與俱行。黎明，入其保，會氛霧薄空，二十八人分道遮殺，賊大驚潰，自相殺傷踐蹈，遂破其壘，奪季父及從弟以歸。後又大敗之於龍通砦，賊遂衰，輒戰不利，至親在賊者次第奪歸。伯奉檄，且戰且撫，賊窮困，遂逾漳降。事平如京，廷試，授府通判。倦游而歸，惟以學問文章自娱。嘗語光地曰:"自先人以來,吾世甚樸。及吾而從事於學,上下百家書,鏗鏘陶冶,亦或見古人庶幾焉。今汝等已能自通於時,吾爲藝祖矣。至古作原委,經傳瀰漫,於嬴、劉而得其肖,他人極心繩削不及也。"康熙己未,重修譜牒,奠世紀傳,皆出伯手,裁定三百年間親賢事迹,詳贍有體,可爲後式。伯氣仁語温,風度翛然,雖臨金革倉卒,言動不異於常。暴慢之人見伯者,莫不願説慕效。自少至疾未病,未嘗一日去書。癸未,光地撫畿内,獲見便殿,以伯急難始竟奏聞,上動容稱義。翼日,賜"在原至誼"額書,遣弁將送致。昌黎韓公有云:"富貴無能,磨滅誰紀。"今者皇王俞錫,焜燿無極,伯之篤行好修,幸托不腐,以視膴仕高科,殆不啻什伯而千萬也。伯父生於年月日,卒於年月日,娶佘氏。

高士高先生傳

高士高姓,諱踰騑,字特騁,宿遷人。家世習儒學。高士少時入塾,異常兒。十八歲,爲邑諸生,有能名。乙酉,棄家,雜僧俗,放迹齊魯間。其兄躋訪數月得之,告以父母老且相念,遂歸,教授於邑之東湖厓陸氏家,以事其親。丁酉,父母俱歿,遂辭家,去不返。女一,男曰晤,高士既去,成立婚娶,衣食指誨,其經紀勤劇,皆自兄躋。高士之在塾也尚幼,同學兒有癡者,群童潛水師席,而推過焉,師撻之,歸飯時,譟於道以爲樂,高士正色曰:"若等不威屋漏鈇鉞與?"爲諸生時,邑富人妻之以女,先期美爲衣冠,送至其家,高士婚夕,竟著故衣不服也。在陸家,月歸省其親,不入内寢,宿館中,繭帷藁秸,坐晝夜不就枕,十餘年率以爲常。或坐友榻,亦必揭其兹席曰:"異日巖洞坐起,安從資此邪?"所得主人錢帛,求者與之,未嘗計留。父母歿而復去也,前去時,每語人曰:"入山林猶可物色,得者皆濡忍欲歸,故挂漏名字。我不其然,君等且觀之。"去今四十餘年,子晤幼長哀求,終不可得,如其言。高士高耿有氣,交友待人不以貧賤易心,嫉惡輕財,凛然樹立。初體羸,其後神志清炯,食倍恒人。余友徐壇長云:"所謂導引輕舉者,高士之去,非果有樂於此矣。"坡謂人情一耳,即或激而起,托而行,然往者日遠,來者不極,枯菀異形,時接於目。夏日冬夜,時變於心,而能結情皎日,矢志丹赤,故列《黍離》於《國風》,爲志義之冠者,以其見稷之穗、見稷之實時物變矣。而其悲傷憔悴不少改而愈深,此其所以難也。迹高士之行,少而知誠,長而堅刻,去而爲父母歸,父母殁而果遂其去。卓然本末,既非自激修行、獨立空曠者比,則必不惑於清虚久視,而有樂於此決矣。而乃去親愛,爲辛苦,冥自遠於宫山汧水,不可尋窺,其將有立於所重乎?抑姑弛置爲樂,不肯拘攣於塵埃乎?已而已,而彼之迹既自匿,則其心也,吾又烏從得之?壇長,高士鄉人,立節概,善文章,授坡以高士行誼如前。

跋

聖政恭紀跋

吏部題,爲懇請援例守制事,吏科抄出,陝西巡撫吴題前事,奉旨:"該部議奏,欽此。"該臣等議得陝撫吴疏稱:布政司戴通親母孀居時,乃有本佐領下原任員外郎吴堪珠娶爲妻室。康熙十年,繼父病故,並無遺有子嗣,孀居伶仃,接回奉養二十餘年。於三十三年七月二十七日訃報,母於本年七月初九日在京病故,懇請離任守制。但親母復回本姓,亡故似應離任守制等因,具題前來。查康熙三十二年五月内,原任江南鳳廬道鑲白旗傅作楫之母出嫁,復回本姓,隨任亡故,准其離任丁憂。於三十二年五月初七日具題,奉旨依議,欽遵在案。今該撫既稱布政司戴通親母出嫁,復回本姓亡故,似應離任守制,照傅作楫之例,准其離任丁憂可也。奉旨,依議。

甲戌年,與仲兄在郡閲此,以斯事古未嘗有,禮所不及。古者爲出母齊衰杖期,而爲父後者無服,又有既出而復歸者,皆夫在乃然。未有夫殁而嫁,既嫁無依,而復歸於初夫之家者也。母出,與廟絶,夫亡而出,生無復歸之禮,故死無制服之文。雖然,宇宙日新,禮以義起,制禮作樂,天子之職也,傳今楷後,儒修之事也。謹記而傳之,使天下萬世或有類此者,知所取衷焉。嗚呼!爲父後者,爲出母無服,而伯魚爲出母期,孔子固不禁矣。君子不奪人親,斯禮也,聖主亦緣人情之厚乎?

諸祖像後跋

右自初祖至七世,舊有小像一册,在翰林先兄在明家。翰林長子出以授先大夫云:乃其祖南雄府推官翠巖公命工所作者。南雄爲六世祖第五子,距諸祖僅百餘年,其傳必信,遍示諸工,亦謂墨氣丹青,果非近手。八世祖像不傳,高祖像得之季父,曾祖舊有像,先妣淑人初歸時猶及見之,每語諸孤曰:"貌類阿祖,但差瘦小。"後歷亂乃失,今亦不敢强摹,闕之。王父、王母及考妣像,各有數軸,擇取尤肖者,上合諸祖,致姻友黄君中和聚圖焉。嗚呼!讀父書者念手澤,舉杯棬者悲口澤,孝子慈孫,見似目瞿,聞名心瞿,而況乎遺容適歷也?代更三朝,世傳十七,平陂治亂,幸而僅存。是吾祖之靈,敢不副貳登圖,以示子孫,使春秋陰陽,以時思之,不必感霜露而悽愴。設有轉徙不虞,負主戴像,輕微易舉,而存形以依神,悉生卒葬兆,亦聊以當譜。體此者祖宗佑命,忽此者本實先撥。敬之敬之,之死而致生之孝子、悌弟、貞婦,吾以觀仁焉。

府君傳贊後跋

四兒光坡曰:一夜,先府獨坐,惟坡侍,謂坡曰:平日有慊心二:一者明季無紀,將校擁其所部入村,索米不得,則屠之。有陳帥,故與予善,徵餉於南斗鄉,拒命,即攻其砦,砦人來乞救,吾馳至,火已焚砦西北角。帥立一寺外,厲聲言:"汝又來乎!"吾曰:"特省公,非他,何慍也?"帥踽蹐,因善色他語曰:"君深審陰陽,人言山脉貫在此寺,某以爲在砦。"吾曰:"在寺。"帥曰:"脉脊隆起,甚瞭,君誤矣。"吾曰:"以今日卜之,砦之數百民命呼吸在公,於彼乎,於此乎?"帥喜曰:"君善言,惟君命從。"即鳴金滅火,吾爲酌輸。帥引去,父老謝曰:"老幼五百人,少遼緩,灰燼矣。"一王父墳,吾與而母在此,庀工行。店人告曰:"有異鄉人挾一室女,若掠賣者。"吾召見之,曰:"進士董奉先之服侄女也。還啚窮饑,父母俱亡,與叔偕來,幸適人,冀免溝瘠耳。"數日,其叔以家累委女去,吾少資遣之，而母欲使女侍吾，女亦願侍吾，命之曰："而吾女也，吾無它，置之别寢。吾與而母食令之餕，不雜諸婢飯，爲擇士人妻焉。"嗚呼！自常情視之，生全五百人與不漁一女，事之大小迥然。然君子堅刻慎微，不忍薄匹夫匹婦於厄，此念可以横塞。而片言乘機，多濟人危，未必能修屋漏，衛武公之念迷亂而謹威儀者，夙興灑埽不爲小，修車戒戎不爲大，豪傑之士，誠心滿量，在精粗而不在鉅細。先府之行，其叡聖之心乎？坡奉斯訓五十餘年，峻塗難盡見，漸近而愈遠，謹述所聞，冀賢者之從之也。

仲父傳贊後跋

從子光坡曰：仲父序中言"幼侄呼門"，即坡也。季母教坡，然時見仲父長號仆地，良久乃甦，魁感泣，旁賊皆雪涕。掖行數百步，猶聞哭聲，以爲至痛也。百其形容，且不如當事之愷惻，况仲父之高文至心，猶非可以丹青畫乎？今備載《減食》之序與詩，則當日死生之不二，義勇之旁魄，太和元氣所以格神感衆、修扞多艱者，不待講説而自明。嗚呼！消千屯之遘厲，召今日之庶祥。臨難蹈危，性命尚置度外，而同祖蒙庥，百家曳縞刺肥，反以微瑕細故，動相校量。賢者子孫省今日福至之所由，則懼後此禍至之無日。天人之際，和則祥，乖則沴，不可以戲豫也。故推揚先德，頌以爲規焉。

季母傳贊後跋

從子光坡曰：吾祖之繫心祖廟，生而或知禮，或强善者能之死，則形往而神微矣，豈强爲之頃乎？乃三請乃含首肯如生。聖言死而後已，祖則死而不已也。仲父之急難猶在情中，而踔百里，抵賊壘，將至，却從僕曰："吾將歸死，子其行矣。"斯言也，寧復有死生之私，作反顧之計乎？季母之讓妣先歸，不計後之安危已難矣。矧踐言如性，忍饑而哺我，寧寒而藉我六十年，念此劬勞，猶依依罔極也。嗚呼！俗云愛如流水，下而不上。吾祖之殁，子孫猶在難，不遺痛於此，而瞑目於祖。斯孝也，其在日月爲明，百穀爲生之處乎？或問：從井救人,若君父在井,當如何?朱子曰:"可則救,不可則從君父。"言其極,非君父則有不從者,仲父、季母加於人一等矣。孝子、悌弟、貞婦,或千百年而見其一行,或千百家而得其一端。誦其詩,讀其書,式爲仁孝之良軌。吾家全之,而皆造其至,以方古人,無不及而或過之也。祖仲父志緒詳本傳。吾宗譜例,女士非節,雖賢不書,季母不可名以節,亦不可以一節名,然婦順知其意,近其似,皆足以節顯,故特立傳以爲諸節之表。

授長兒瓊儀禮跋

《儀禮》十有七篇,依古經録出。其斷節分注,則本之信齋楊先生。夫其辨寢廟之四方位,名吉凶之尊卑節級,拜興之繁省,體名肉物之貴賤,饌設之陰陽。嗚呼!小子來前,若是其雜也,抑小而非大也,而深察之。非節欲强力者不足以終其事,非心存無放者不足以紀其數,非忠厚慘怛者不足以致其情。大道依之以爲實體,精爽會之以爲守氣。何以識其必然?如今禮簡矣,爾心或不存,力或不足,即容且失莊,立且失位,拜興且忘其數,況多文縟節如斯禮乎?豈特如是,即試讀斯經,爾口誦之,心思之,則經曲章句,錙銖可竭,不然則雖盡篇底卷終,置書而茫然。以此而推之,讀斯書也,履斯禮也,必一息無間者乃能之,必一念無荒者乃能之。無間無荒,乃仁義不去諸心者能之,是雜也小也,正聖人所謂卑也,禮愈卑則業愈廣,爾其學之、習之、玩之、復之。昌黎韓公有云:"子誦其文則思其義,習其儀則行其道,則將謂子君子也。"小子勉之。

授長孫清駒周禮跋

吾初受《周禮》時,無師友,又無明解,牽勉俗本,混淪讀之,多不能句,沉潛注疏,博證諸家,辛勤四十年,乃敢章分句斷。雖不必於是,然師友問焉,則有可對;疑焉,則有可釋。非苟徒也,録以課子。夫其簡衷之精約,子且誦之、熟之;求訓詁之詳明,吾方爲子講之。少立工程,大作工課,道雖云遠,視前一步,吾之始學,亦若此而已。

注禮記成紀跋

丁亥仲春，坡在京師，伯兄壽以三詩，而曰："所注《周禮》，欲序而刻之，但數處能再引落，使其辭約，更得分章提節，尤便覽觀。"今當南歸，非旬月可訂。至家徐爲之，是詩姑見大意。又十年丙申，兄抵里，因問報曰："固數修如命。"兄曰："子方有事《禮記》，併成可謀授梓。"今書成而兄歿矣，奉讀遺詩，隕涕薰心，謹挂經端，以識兄惓惓所以終始之意。至或土苴可棄，抑或溲勃可收，則宣城梅翁固云"存與不存，不關刻與不刻也"。

書歸震川貞女傳後

余友壇長示余以李殿所作其鄉高貞女碑，文中言，震川歸氏於此事弗善也，有論以非之，因求觀其書。竊謂：先進有時名者，將立一説，見之貴精，度其是非不謬，不得已而後言，不然徒使庸衆疑惑，宕佚者藉口，不如勿作之是也。謂聘爲父母之事，女子固不自知身之誰屬。夫女子許嫁，笄而醴之，係之以纓，明有所屬。及同牢之夕，主人入，親説婦之纓，然則既聘之後，綴纓爲誰，女子尚不知其何屬乎？是纓也，聘則爲夫係之，嫁則夫爲説之，不幸而有與爲係，無與爲説，從之以死，何廉耻之防而不可歟？歸引《曾子問》婿之父母死，辭婚女氏，女氏待其免喪，弗娶則嫁。此事先儒嘗以爲疑，即使不疑，亦何關於夫死可嫁之義乎？何不援"娶有吉日而女死，婿齊衰往吊，既葬而除之，夫死亦如之"之文也。既有齊斬之服，則禮已成。其夫婦之恩，有相吊之事，則當有哭泣之情；有既葬之除，則遂有始終之義。即是禮推之，傷而自死者，猶不失爲厚，而必安然若不相聞，以待嫁爲禮者，則亦歸氏之禮，而未必古今之通義也。且比之以奔，奔者慕悦相就求淫者也，死者慘怛自斷求仁者也，擬之非倫，一何悖歟！曾不以今世之婦，棄夫敗倫爲乖氣傷和，而乃以矢志幽貞，之死靡他者當之。吾聞之野夫云：鄉有貞烈，即多旱灾。歸氏傷和之論，無乃淵源於此，斯非陋乎？或曰《周官》"媒氏禁嫁殤"者，今有貞女合葬之事，得乎？曰：夫女未廟見而死，猶歸葬於女氏之黨，何況生未以禮相接，死而合之，殆於不可。雖然，能執干戈以衛社稷，則汪踦可以勿殤，則彼之注心舍命，以紓其不渝之氣，例以權法，其亦聖王之所諒歟？

書復卿詩集後

康節詩云："自從删後更無詩。"蓋言聖筆著削化工之神，後有删者，不盡合聖，雖有如無耳。真西山詩選或議其"使徐、庾不得爲人，陳、隋不得爲代，爲執理之過"，即是意也。若謂後世之碩儒宗工，不及曹、檜之風人，則失其旨矣。夫君臣父子，至性之所趨；風雲月露，悲愉之所感。宇宙之誠，終古無改，則古今之本誠而出，形爲歌詩，何不可相及之？有吾兄復卿，涵才積學，凡感於倫，黏於情，觸物成方，一發於詩，自壯至老年，其編甚鉅，玩而復之，殆所謂"本誠而出"者也。其所範者，以鍾、倪爲鵠。倪吾未之業，鍾吾見其選詩矣。執意偏好，棄取失衡，則其爲詩將無類是與。然則吾兄直假其音節之工，以自抒其誠，真善學鍾、倪而及於古者。太史先兄前叙有誠之言，坡因推其意，以後長者作讚詞焉。

書復卿醫册後

明道夫子云：病委之庸醫，乃比於不慈不孝，事親者亦不可不知醫。循復斯訓，竊謂大人君子未有不通此者。欲學焉，玩愒日月，悶然不及也。吾兄復卿，沉潛於經書，泛濫於史氏，晚而於岐伯、榆柎之術，尤專至焉。蓋十餘年，搜奇抉良，病而求者，應手皆除。坡嘗讀《周禮·醫師》：凡病者，先以五氣五色五聲察其劇易，而後兩之以九竅之變，參之以九藏之動。乃見今世之醫，僅僅然隔幃手脉，武斷用方，心甚恨之。今兄所爲册，援掇先訓，精而有要，辨君臣佐使之制，别温凉燥濕之宜，審表裏吐内之方，達造化性命之理，其於道也幾矣，故不辭而書其後。今雖未能及也，苟得幸會從兄而盡其傳，實區區懷之。

皋軒文編卷四

壽　文

代伯兄壽潮鎮馬侯文

曩者藩臣負鄙爲難，而吾閩八州，竊命者二。天子授師，諸王勛戚子弟才能者皆與於行。維時大將軍康親王駐旌於越，以專嶺表之征，今潮帥馬侯實在麾下。侯方弱冠，每遇敵，必前士卒，掠其堅，賊以連挫，上下推能。豁仙霞之防，師行無阻，侯功爲最。蓋自浙之南，閩之北，二省相交，山邱攢立，夾道皆修木雜卉，茂薈不通，樵蘇依山爲道，斗起勢絶。賊又多置防具，乘高坐一卒，則千夫尺寸不行，故數十里外，不容以單軫匹馬交綏於中路。侯能用故吏，致關將，揮軍先入，以濟我師，可謂偉矣。奪關之後，逆藩束身。鄭氏猶沿江置戍，師渡與戰，敗之，又敗之於莆，敗之於泉，長驅至漳。侯水則先舟，野則先陣，登城肉薄先陴者，皆侯焉。侯結髮從軍四五年間，發憤國事，且有先侯之恨，惟是朝夕介胄，凡所以爲君若親者，蓋將不顧其身之利害而爲之也。忠誠感心，先事以爲智，當事而勇隨之，豈徒英年能決機歟？番州嗣平，即授旂節，知潮州軍。甲者不肆，廛者不易，處山海者不戒柝而安。天子召見京帥，褒賚有加。艱難爲良將帥，盛世爲賢牧伯，非惟一方賴之，侯之能行，當顯於天下也。地昔困於逆者三載，感侯爲國之義，抑憂患相拯，於情尤厚。而家昆光復，嘗受先侯忘分之交，某月令序爲侯誕辰，兄弟謀所以壽者，夫岡陵之詩爲期頤者祝耳。侯春秋方富，不以是頌。獨念先侯撫閩之勛，侯始以幼年守宿衛，今能以忠自顯，取弓鉞，立名績，使天下拭目觀，父母加榮焉。既忠且孝，是可壽者也。

代伯兄壽施怡園提督文

余始識施先侯於京師，維時東海未靖，造膝相咨於風潮信候，生涯斷港，運臂使指，迎虚邀實，皆屈指，恢恢輒先處其所以未變。天子用侯爲帥，果卒平之，於是策爵，畀以長海劇任。聞初餘魂未殄，侯時命舟將巡徼，重載囊土若商舶，然賊舟追之，將及，乃推囊入水，使舟輕迅疾，掩捕無脱者。又以得賊金貨，聽將士分挈以去，無所顧問，更爲格賞以勵之。至於今，海無根蒂之奸，山無伏莽之慝，三十餘年矣。君爲侯第六子，用名將子起家，或裨或專，皆有功績可紀。壬辰冬，自粤東移節，賡侯之任。連山巨浸，抵於南下，限界海外，實維雄藩。天子所以慎簡其選，追念舊勛，謂紹先多莫逾君也。君果舉其職，守先略而加謹焉。吏民皆喜曰："真吾侯子，能世其家者。"書傳所紀，惟唐西平李氏、宋魯國曹氏父子，先後並授節居藩，爲邦家令，人特書於史而光榮之。今君世與李、曹相焜耀，千年爲三矣。其居家，要束子孫，又極莊謹，不挂於過差。吾儕所以深自刻慎、勉修廉隅者，良田負載厚恩，尸素大位，雖未能道揚風教，致俗淳美，亦且共知耻懼，自敦清約。陸宣公有云："誠知無補大猷，所冀免貽深累。"可念也，君於是乎賢遠於人矣。九月某日，爲君生五十之朝禮，無相壽以文，然凡有樂酒，厚相期必曰眉壽，而侑酒有幣，授幣有辭。夫辭者，文之類也，故本交好與其行義稱美，願福致厚期之意焉。

代伯兄壽陳鱗長總戎文

曩吴中丞以偏師援泉，余亦致里卒，會於興泉竟上，余三弟在行，歸謂余曰："有陳帥者，沉毅魁傑。先中丞至，遇賊，横陣披靡，莫程其勇，真大將也。"公亦推置，余弟得從姻婭之後者自此始。東海未靖，沿邊没戍，更立二節，將以統之。公遂以神旗戟纛，開府於金。不數年，卒奏海功。公之在金也，用意拊循，外肅備禦，内集流逋，於其封内，其來如歸。則又以公餘之暇，與人士分期校文，而詳第其高下，及學使君至，則裒然驤首者，皆公閑之上駟也。新春首序，爲公令辰，文武賓佐及州民之耆老門士，請余辭以壽公。余惟金之爲島，在環海之中，嘗聞昔時水陸貨貝乘風潮互市，諸州之所出，百國之所入，磊落無所不有，繁富甲於縣邑，人以之爲利都，寇以之爲賫糧。以故行權宜之計，清廣斥之野，失居徙業，靡所止戾，敢望有今日歟？而今日者，桑麻被野，旦夕先邸，烟火上下之樂，安集還定，而知所由來乎？民之祝宜也。昔者金革未已，將坐旗鼓之下，兵無弢服之甲，暑不得更休，寒不得傅火，而今日既絶朝警，又釋扞掫，以飽以騰，爾知所由來乎？僚佐之祝宜也。雖然，吾且有祝，二島盛時，文人相武，今五十年間，不聞貢於州縣、名於有司者，先達不爲振興，故後生無所承楷耳，而公獨能加意焉。則公之武事，雄偉不常，人之所共知也；公之儒雅，以爲功於文事，尤吾所深知也，吾之爲士人祝，宜也。永錫難老，小大祝之；夙夜有譽，同位祝之；屏翰受福，天子又將祝之。期耋之介，竹帛之勛，蓋不止於此也，吾且有進。

代伯兄壽安令許侯文

《詩》之序云：《魚麗》美物多也，《南有嘉魚》樂與賢也，《南山有臺》樂得賢也。故作爲歌詩，以致其歡欣備物之意，以足其壽考維祺之思，興懷古道，與吾今日頌邑侯之心，一何似也。侯江右名族，以文章顯，有盛名於時。謁吏部，出宰吾邑，吾得見於京師。言本仁義，行有枝葉，其善氣好生，可以福澤斯民者，吾固心存而私幸之。自下車來，矯除故事，衣食之資於市者，買償如民，不以供億動擾，踵前之失。倡明學問，賓接人士。有能讀書爲文辭者，加愛而禮之，由是人皆矜勸知士之貴。百姓之進見於庭者，必假與顔色，使得自達。有獄訟者，必教之以忍小忿，式大讓，無陷於僇辱爲諄誡。行之數月，政修事治，吏不容奸，人懷自愛。堂皇之上，無急刑焉；狴犴之内，有豐草焉。其催科也，不苛而肅。邑有下里凡六，在萬山中，稽年負逋，至不可究切。侯一家到而户譬之，或撞搪以懼侯者，或抵冒以干侯者，皆原除之。惟告以“長吏奉法，非有所苦於民，食毛輸賦，汝分宜爾”，民大感悟，相率共令，宿逋以清。善哉！彼雖愚，亦人也，特以生於窮山扃澤，不識長吏寬嚴，而奸猾之徒，又恐之以神明雷霆之威，以故却步不前。凡有輸將，不假於里正，則假於胥役。胥役、里正分割坐享，民有所輸，而官實無所入，其有一二欲自理於使君之庭者，則箝涅飛誣，拘囚搒掠，以一鄉一族之逋，責之一身，數年不免，遂致棄赤子之心，爲龍蛇之行；脱羈縶之範，肆獫狁之狂。若侯者，弛其細辜，道其知義，豈以强教之，弟以悦安之。有父之尊，有母之親，稽其成效，雖使剛强擊斷者，萬不逮此。而其化民成俗之方，慘怛忠利之教，又不啻什伯而千萬焉，侯於時乎賢遠於人矣。吾宗父老子弟合辭來曰："侯之爲德吾鄉至矣。俯仰食息，皆侯賜也。雖不敢私其大恩，抑又烏能忘情乎？新秋首序，爲侯令辰，子其頌之。"地曰："唯已。"夫法度修而《魚麗》作，賢者安；下得其所，而《嘉魚》興；爲國之基立，而《南山有臺》咏。以侯之德方古之道，若合符焉，則以古之頌祈侯之祉，又何加焉。侯之德音茂矣，自此而陟台司，便章左右，是邦家之基、邦家之光也。自此而躋上齡，介景福，是眉壽也，黄耇也。有矣多矣，綏之又之。若夫動引佺鏗，吾不能徵其世；耕耘五德，吾不能名其術。援考詩書，稱術古道，猶近質歟？

代伯兄壽德令傅侯文

分邦域而理者，所部之内稽其田賦，日月之要，會力征之。上下施教，化明善俗之方；分争辨訟，以法教中之理。而又趨走其下者，里胥伍伯，且將數百人，皆衣食於法，故嘗須廉辨之長，慈惠之師，則疏數緩急，惟宜法以均，吏以戢，民甿承休，遂濟於康樂焉。逾吾邑之北二百里爲德化縣，治在山谷之中，土曠民瘠，歷有賢侯撫綏之。今者其屬士庶相造而請曰："吾邑幸遘仁守長之祉屢矣，雖然，未若吾傅侯之淑也。"侯山左名族，其先昆少保星巖，以鼎元躋宰輔，裒然爲當代巨人。侯之文行，遠有淵源，初試烹鮮，於吾邑始者，故事相緣。凡侯下車，有器用之具，日用則有禾米芻薪，時節則有貨賄之餽，應是役者，累貲而莫可供。侯至之日，皆罷除之，約己取足，其買價於市者，如民之相市也。緼衣淡食，無席前之豐、輿馬之飾，是不可謂難乎？民之輸正賦者，官有定式，而始掌於里正，繼入於守藏之吏，交手出没，每取盈焉。侯則聽民知便，惟取賦充，不復假於胥吏。田户之籍，曩多飛詭，挂一漏萬，多寡無所稽。侯則按籍而區分之，雖窮村小民皆知，凡目急公者樂，而負逋者無所逃焉。而又神明洞達，凡待訊於庭者，求民情，斷民中，其剖决若分水，其歡洽若家人。無深文巧法，多取罰鍰，以病民財，狴犴之内，稱平反焉。今將以其一年之俸入修學宫，延學校師弟子，率生徒以興愷悌之風。度其心，凡有益於民將治之，使無遺便者也。故其勇於必行也，如金之不流、石之不泐。其銷奸蠹也，如耔澤田，以水涉草，以爲芟殄。其愛民而育教之也，如布陽和，而麥秀桐華，皆咻淳氣，宜乎鼓舞躋堂，吾民欲有祝也。四月一日爲侯誕生之辰，欲得鄉人之直而不華者，一言以爲重，而因以介於予。夫播頌傳詩，冶金伐石，在今日大抵襲爲溢美，而通國之振振有辭，則灼乎其不可欺也。今侯之來也，甫數月乃繼至，而交請者有加進焉。是賢者也，是所謂廉辨之長、慈惠之師、能濟民於康樂者也。公卿大夫，今古相望，而卓魯以治縣稱。及其進陟台司，爲朝野倚毗，觀其所爲，一如莅縣之守而已。則侯今此之歛惠一方，與後此大行於朝，其清修愷澤，可以預券懽而祝之者，又豈第一方已哉！故余於祝侯也，而竊爲侯願之。

代伯兄壽富弢上文

歲庚申，余官閣學，於時四方逆亂，略就除剗，而東寇猶劇，跨陵濱海州縣，天子延英，顧執政，疇咨節，將欲與立功。余亦屢被睿問，休沐私第，姻兄弢上富君往來頗稠，盛言施侯名，能治兵，習風潮舟楫之利，且與寇三世夙釁，果爲將，必心無他揚，美無虚口，語聞公卿間。遂啓帝心，卒帥施侯，以成海功。予固内奇君略，而君之尊府爲尚書禮部侍郎，余以先輩禮，朝夕因抵君居，縱言及詩文嘐然，皆方軌少陵，羅穿經傳，一不掇意於俗下文字。余謂國家以經術造士甚正，而士之求速化者，非其正也。童而習之，白首而不能力一經；窮而工之，居位而不得一言之用。如君之湛深好古，雖未大見於時，而資經術以决巨政，庶幾乎國家設科選士之本意，而昌黎韓公所謂士不通經，果不可用也。君當侍郎,在朝貴盛,處族黨里閭,未嘗挾資介恃如布衣。然近年以來,族黨里閭之待君者,一如貴盛時,不以先後致異,乃知一貴一賤見交情者。自翟公之不善審處,而居位、去位如一日者,張公之訓,君果允蹈矣。君今試吏南方,其地於漢唐爲西徼生番之域,川原嶺障,民生其間,雜俗羌徭,不稱易治。君出其知人之略,勤選付以理絲棼,出所待族黨里閭者,以撫柔人民,文武卷舒,修於昔而措於今,羽儀天朝,吾知其不遠也。仲秋令序,君年六十,親友遲余文以寵之。余脱褐衣時,侍郎爲延譽名我於朋友。遇難抗疏,侍郎爲奏其可,獲眷於天子。自念十餘年,以孤立旅長安,致安九卿,爲牧伯,皆先輩推挽之力,而達賢讓善,侍郎宜有後者也。君又以才德克世其家,次子爲余季婿,好學能文。比三世始以師友通家,而終以婚姻之好焉,夫何敢辭?若乃期耋,臻臻百寮,侈其平格,天子倚以三壽,苟不丐朝野而鄙余文,尚能爲君頌之。

代伯兄壽從伯必甫文

夫將大之家,必休於氣,得之者往往有壽考之人,以開福先焉。蓋吾宗逖邇,親從登上壽者凡六七公。然而受年既永,則福之贏縮相半,如高深上下之於造化者比比矣,未有淳氣之會如吾巨伯之兼者也。伯氏今歲適八十矣。考於禮,國有杖朝之貴,鄉有五豆之榮,其子若孫,處者厚儲焉,出者齒名焉。或治詩書,或綜庶業,扶床坐膝,有携有嬰,父子祖孫,四世相望,不惟有之,而且多之多矣哉!吾伯氏之福,可謂全也已矣。伯氏之爲人也,不拘細節而見樸茂之意,不設畛畫而平山川之險,不尚奢麗而大布之衣,苴冠而革屨,不多接人士,而見善事、聞善言則心會而融。其游也,不在東阡,則在北陌。少長咸樂,連袂印須。惟其大翫於時,而勿屑乎區區,天真流行,任所頽放,雖狎於博簺之群,而無忤於法拂之士,固已不煩於繩削而自合矣。地嘗執此觀人,百無失焉。委蛇其言,紆藏其迹,貌美心厲,動與物乖,豈以爲非刺不加,而蕩然無陰陽之沴哉!莊周云:謷乎小哉,所心屬於人;警乎大哉,獨能成其天。然則保世滋大之理,惟其心之險夷徵焉,虧益變流害福,皆未有不定於斯者也。吾伯氏之有此也。率其徑遂無陂，亦何意今日者，衣冠明備，絺繡文章，有以張大其質，而吾兄弟子孫，則馴乎有此文也。夫前者倡之，後者恢之，樂其文則師伯氏之質，而襮之以大雅，澤之以祖父之詩書，以成其文，以宣其質，此大順之徵也。大順所積，元氣加長，將有百年之祜，與吾兄弟樂之。

代伯兄壽族侄世寬文

昔吾先君不爲崖岸之操，亦不爲翕翕同行，不軌於正。所與處者，非其類，蓋未嘗以顏色假也。晚得吾族子世寬，與之反往而氣行如合符，兩無違志，凡十有五年如初焉。世寬之爲人，吾稔知之矣。少而與兄弟依母以生，家故單薄，凡所以爲衣食百須，皆克自成立者也。迹其阜貨自細而鉅，其起家自約而豐，多出於什一之計，而未嘗取較於錐刀之末。當歲灾歉，中穀仳傓，民負逋越境以逸，索負者設罝罘以追其償，世寬不獨舉委其傅别，而又陰爲行粻，以資遣之，由是衆樂其誠。將去者先來告期以歸所，有利不虧而義聲盈焉。以視夫今之操貫而籌，甘心於三倍之利，而不顧天行之消息以自豐者，其於相去義利何如也？吾先君慨宗祠之久毁，首聚族人，經紀其堂室，世寬於此時又獨斥私財，治其寢門，改作東西兩序，而遂稱奂然焉。以至郡東之祠，郡西之廟，先君次第修舉，庀材鳩工，世寬悉心從之。世寬前時嘗僦屋以居，而勇於公義，如此君子，將營宫室宗廟爲先，居室爲後，世寬非性能而樂之，安能動與禮合乎？有以五行術推君始生干支，王相謂其某年有咎，世寬不惑，爲善益篤，掩骼施食，除道平梁，凡可以濟人者爲之。至於今，康寧未艾，子長者列於上舍，幼者立於膠庠。夫天道遠，人事邇，吾未敢操券而必得也。而其遇灾修行，與夫罔有敬忌，以樂慆憂者，抑又遠矣。兹者今春令序，爲萬世寬設弧之辰，内外親戚欲吾言以張之。吾與世寬於世爲諸父，不能諛，又不可諛者也。所以言者，蓋念吾先君平昔慎交，於世寬始終焉。且使其子若孫登堂頌喜之餘，思致此之不假易，以深其源而大其瀾，培其根徐收其實，則所以昌大其家者，蓋不止於此也。

代伯兄壽車學使太夫人文

今秋七月,車太夫人七十之辰,學使君先期徵文爲壽。吾聞之也,古有令妻壽母,侈爲降福之多,抑必推本於保大定功,以爲福不虚。至今夫人於給諫先生爲令妻,於使君爲壽母,福盛矣,吾且本其由來。夫自古迄今,選舉之法世更,而學使之官多,因而不改,誠以上下登進才不才,恒必由之。是故其方學也,德行道藝,鄉師教之;其升於國也,師氏成之,保氏養之,而中設司諫一職,以糾其德,以强其行。巡問而觀察之,書而辨之,故先儒謂即今之提學官,所以扶樹正學,長育人才者。世之君子,撫今閲古,司其任而後知其難也。士之不爲險易陰陽所薄者幾人哉!大抵中才其始也,砥礪之功,必切其屢頓也。因循之意漸萌,盈無不虧,張無不弛,所以忠信廉惠之師,心乎國心乎才者,採其英華而拔之,當其暢茂而進之。不滯人於已成之功,不推人於必敗之業,此非疚於威而回於利者之所可能也。使君視學閩中,體天子敬教勸學至心,俗之撟私染情之事,一不以掇意,惟校文録真,飭正浮疏,有古使之風,士氣爲之一斂,而扃岫環邱之中,子弟知可指取,皆興於學。然聞使君始出典試,給諫先生貽書以誡之;及來視學也,夫人又稱先訓以厲之。父母高賢,使君實奉以周旋。地既世通家,文不可辭,亦不可虚,故爲考詩書設官之意,慨人才遭逢之難,感使君能自力以至於此,而稱嗣德有繼,必本其父生師教之恩,以美其上,而祝其熾而昌,壽而臧者,此古義之所可復也,於是乎言。

代伯兄壽富安人文

世言内行不可文稱非也。吾嘗學《春秋》矣,王臣霸佐,名或不著於經,而女士之淑,言之重,辭之複,夫子曰是必有至美者存焉。然則君子之文,凡爲五常立也,何繫内外哉!吾姻友富大夫之夫人,今歲爲年七十。其婦吾女也,請曰:"卑無稱尊之禮,而奉晨昏已多歲月,伏見翁之存也,佐事祖父、祖姑,夙夜敬其宫事。翁有前適兒孫,有媵姊子姓,夫人同仁均養,親族不知異焉。翁之妾御，體而推恩，是難及也。數年來，專家政肅，其爲容裕，其爲仁平，居簾閣據几，率所言、所行，皆中儀式，願父之張之也，將以爲家榮。”吾曰：“我且一言。”自俗下之薄也，男子有行者鮮，失道於父母，無禮於兄弟，又靦然人面，欲以立於州閭，自知不可，而推過於妻子。夫慈子嗜利，陰之性也；犯順逆長，少年之樂也。所以其妻子始也，佯爲受過，其既也，權乃下移，妻子爲政禍中，其身悔不可追，而家亦隨之。間有婉義之婦，孝愛之子，爲始基者，必將大有先業者，則再造。吾自少至老，見五常之逆順，報施以類，蓋鈞不失黍、丈不差絲也。今夫人，夫在配君，子無違德，夫歿得母道甚。《詩》云：“其類維何？室家之壼。”類者何善也，壼者何深肅之處，神休之所凝也，壼而類焉。其景命未可以更，僕數言如是，其足以爲壽乎？西王母雖見《爾雅》，而瑶池之談陋劣，儒者不道也。

代伯兄壽族嫂莊太孺人文

書傳所稱，繼母與因母同，因母之愛恩，繼母之愛義，資於事父以事母，其尊同，其親同也。見今世之母，鮮知有子。緌帶之義，而爲之子者，亦莫講於如母之禮，其盡道悕矣。吾嘗欲得其人，張其事，矜而誦之，以爲世勸。若吾嫂與吾侄其選乎？吾與知武陵令侄爲覩年上下，舉於鄉，升於禮部，皆一時。嘗舟車於道路，武陵爲余言曰：“甚矣，吾母之淑也。孝於舅姑，順於夫子，吾兄弟四季者，母出也。母撫吾三人如季焉，食同席，業同師，病同憂，同仁均養，親族不知異也。”余曰：“甚矣，其淑也，吾聞之也。孝已伯奇之所難，何子遇之淑也。雖然，母之慈，子之孝，是何子之賢也。”武陵曰：“不知其内，知其外；不知其母，知其子。不知吾母飲食教載之恩，視觀之，少而獲長，名而獲通，可知矣。”余曰：“其淑也，吾將執筆而爲容爾。”今年春，武陵東京師，曰：“甚矣，吾母之淑也。孝於舅姑，順于夫子，撫吾兄弟，同仁均養，不知異焉。今年八十矣，親朋有祝，願叔之容之也。”余曰：“甚矣，其淑也。吾聞之也，積善在身，如長日加益，雖然，今又二十餘年矣，何子言之，無加於初也。”武陵曰：“不知其母，知其子；不知其始，知其後。不知吾母積善貞恒之美，視觀之，進而獲諒於君親，退而免於人道之禍,可知矣。”余曰:“其淑也,吾今執筆而爲容爾。”夫吾之容也,亦老生之常談耳。雖然,莫逾此矣。嫂之德莫逾此矣,嫂之福亦莫逾此矣。孝於舅姑,姑年九十。以此壽嫂而加進焉,壽莫逾也。順於夫子,夫爲令人,是爲令人妻;慈於其子,子爲賢人,是爲賢人母,名莫逾也,且有進焉。武陵學成行立,政修事治,忠孝之心,諒然頎然。君相之寵職而跂之,餘子敦篤,諸孫擩染經史,衆駿騰踏,異日者翟茀雕軒,如天之福,則未知其所届也。宗人艷之,縉紳榮之。余隸史氏,孝子、悌弟、貞婦,書之職也;官於司馬,孝子、悌弟、貞婦,揚之亦職也。嫂賢而慈,武陵賢而孝,以爲家範,以爲世勸。善嫂,嫂其善也,嫂善也。

代伯兄壽從嫂洪氏文

立名之道,不求於壼内,稱道之辭,不發於所親。蓋名者,非婦人之所宜;而無文者,親之以質爲貴也。雖然,茍合於宜,則名大矣;茍有其質,則文生矣。此吾伯嫂氏始艾之辰,兄弟之所以不能已於言也。吾伯父世母,德盛而不有,功多而無施,仁於其親,而愛及於鄉黨州閭,如元氣包含,是以庇覆吾兒孫,伯父世母賢者也。吾兄長於諸弟,氣醇以方,率之以敦詩説禮,而拯之於生死患難之中,無德色而加厚焉,吾兄又賢者也。夫婦人無專,賢必有從也,從吾父兄之賢,可以賢嫂乎?抑嫂之賢,蓋亦有所謂賢矣。嫂氏歸於吾兄餘三十年矣。昔我先公年登大耋,惟嫂及佐姑盡誠意焉。至於今,爲母,又爲大母矣,而所以朝夕乎伯父母者,無變於初也。其奉兄也,不設峻容,不形拂語,惟以無傷兄德,而亦不爲矯矯可喜之行,此真所謂地道也,妻道也。膝下二子,其所生者爲鍾寧,嫂氏不爲世俗之愛,而育之以恩,規之以義,今則嶄然見頭角矣。幼者聰穎,撫之如自出,是不可謂難乎?夫此三者,皆民生彝倫之常,舉之者以爲老生之恒談耳。是以吾立於内外親戚中,未聞有譽嫂,立一事、出一言若不知嫂者。即吾兄弟幼而聚居,長而異室,其見嫂也,觀其規爲動作,稱之無可稱焉。其退居於家也,以嫂爲家人,訓舉之無可舉焉。語曰:婦人以不見爲德,見非德也。

幽閑貞静,美於國風;柔順利貞,配於厚德,皆此德也,所謂宜也。夫有德者神全,神全則氣舒。長君子不侈得天之厚,不口希天之福,而惟論此理於日用常行之中。阜卿曰:以至親祝至親,吾不知文。其兹以爲文與?

代伯兄壽族嫂林氏文

歲九月,爲吾嫂林夫人甲子周之壽日,於前之數月,從子欽文以書來曰:"親朋欲有祝也,不以丐於市朝,願叔之張之也,侄將以爲親榮。"余愧乎其言,行念吾早知兄,聞嫂之賢詳矣,抑婦賢無專,蓋必有從今日者,吾其從吾兄之賢以賢嫂乎?夫女工縫綫之事,爲内子之常,力此者未足多也,嫂之可稱有三焉。嫂之歸於吾兄,伯父世母固在,兄才而有文章,多游於名人達官間,其調滑甘問,所欲進以朝夕時養者,則皆嫂也。兄之上,自曾曁祖及考比三世,未卜扦,兄爲之,嫂右之,不均於弟,不干於衆,於諮於諏,以慎以完,又皆嫂也。其待夫之弟易兩娣姒,同處十年,語無誶詬,視若四體。有一兒欽文,雖憐之,然必課以勞學,今則裒然文人矣。凡若此者,吾之所謂三可稱也。善哉!吾執賈傅慈母子嗜利之言,疏觀千古之女耳。目今世之婦,其間有甚有不甚,未有不犯此者也。而其所稱爲名媛、爲淑女,未有不去此者也。然而不多於古,少見於今,其來尚矣。如吾嫂者,盡力於幽明尊卑,不可謂愛於親歟?不務私畜,盡毁以充大禮,不可謂從於義歟?愛親而不徒慈子,從義而不嗜利。吾聞之福之興,莫不始於室家,則嫂之自今而七十,而八十,以至於百年,欽文之由家而鄉,而國,以顯其親,觀本知末,君子有以知吾嫂之能福也。誦嫂者由前,祈嫂者由後,吾不能張之,又不欲張之也,質言之而已。

代伯兄壽世寬侄婦文

吾仲弟追論侄世寬曰:是其孝愛本行,自先世來,子以其指屈至三四,即彼也,誠哉!今歲陽月,爲其婦夫人八十之辰,内外宗親祝之。組就衣邸,先以吾言,抑吾言不可虚也。今世壽季女者曰嫻,内則曰孝曰慈,百善千祉,然改其姓氏，皆可以頌。凡壽者何取焉，請枚言女道，後徵之侄行，以彰婦順。昔賈太傅言："秦婦慈，子嗜利。"夫子非不當慈，利非不當顧也。蓋慈其子而忘父母，不知彼即子之父母也；慈其子而忘兄弟，不知彼之諸子亦兄弟也；慈其子而輕兄之子、弟之子，不知彼之子亦兄之子、弟之子也。一道流注，無復反本，推己陰，性然也。祖宗父母之役，揣毫末於同氣嗜矣。而丐福於土偶木士，則傾貲而猶少，衣食所分，終已僅見一二，因德色不置嗜矣。而子孫則任其焦糜，而不計親疏露餒，雖殘瀋不舍嗜矣。而巧妳媚，奚則分挈而快心？是其秉德，如陰陽晝夜，每每相反。家無女順，故男事不修，所以俯仰。今俗每嘗執翰，輙息所操若婦者，吾言可徵矣。方侄之修宗廟，敬祀田，蘸及幽明，旁及橋梁道路，費皆累百，而出之如寄，爲之有就，知婦夫人之均利不中阻也。當侄之身，有先配之姓，有庶之生婦，夫人同仁均養。侄之後諸子，學成名加，式好無遺行，知其能教，不徒慈也。若夫禮於至親，給於有求，體侄之厚，而持之以久，所以屈指先親，推卜後祥。念孝愛之有數，知景命之將僕。仲弟之言，殆合矣。諸子達而朝紳，備服以爲親榮。百歲上期，吾言猶是也，尚能爲婦復之。

代友人壽泉郡陳司訓文

《禮》以鄉官司教，立學校，師弟子以群之，書其睦姻有學，考其德行道藝。又時有天患民病，則使周萬民之鰥阨；國有大役，則受州里之役，要以考司空之辟，皆鄉師職也。蓋儒者，文武之道合一，平日校講張施，如銓衡，如浣準，及時舉事，肆應風集如素業，故偉人世出，衆莫敢以儒訴病焉。援古楷今，知吾師之賢遠於人也。周旬之朝，某且莊言。師所居，乃信齋楊先生之鄉，叔父爲畿府名守，師以名儒莅教吾府，與諸生釋鍜修之陋，解文字之飲。數年，舉於鄉，升於禮部，接武於《春秋》有燿焉，某亦幸在得中者。辛卯歲，吾郡邑皆饑，皇上留漕舟天倉以賑。於時，同安缺令，府守劉公檄師往。夫賑之難也，州縣初戒，民未即知，里胥與縣吏陰陽以財爲登下多寡之數，詭而虛者十有三，賄而得者十有三，至扃僻窮飢，與天民無告者十不得三四。及民皆知，則名籍定矣。迨周給平輿之日，强弱又别，終於無得者。昔朱子巡賑，人問之，曰：得一部紫綾册耳。以聖賢之詳慎，猶若其詭也。師之通才，廉難矣，均難矣，神明之用，則在飭諸都役，察民真貧，無則補之。蓋顛連何限，要在目見心存，因時收救飢者，可以數計乎，可以籍限乎？此書於荒政，宜著爲經而長爲式也。廟之明倫堂，自門至寢，陊剥將盡，師召工計材，以公行至省，揭價大木如數，浮海而至。經始於甲午春，堂廡之欄楝欂櫨，門之浮思刻儼，或修其故，或易其新，以千金不啻之費，嗇而數百，稱完構焉。戊戌秋雨，涌水過文廟，破其四周壝埒，府守王公以俸錢倡檄，師謀於紳士，聚財絢板，百堵堅築，計閲六月而功成。善哉！商校人士，周黼考辟，動皆中禮，師實無愧於前修矣。夫活萬人者，當侯師之功，法宜上貴，泮水思樂，咏永錫難老。師之功法宜眉壽，河九折注海，並所渠千七百而流長者，崑崙爲之輸也。賢者百節不苑，集千祥庶嘏而光裕者，德義爲之府也，故上不綴箕疇之語，旁不援佺彭之幻。惟以師所自修而可自得者，區區推表，以致諸大夫君子，鏤之文邸，遂以爲吾師壽。

題安令孫侯壽圖

縣之八景，蓋前賢所標，以紀山川都邑之盛者。邑父母孫侯來宰斯土，敷政寧人，民以大洽。歲月爲侯誕辰，士庶相與圖是景以進之。夫天保之歌，日月也，山川也，松柏也，於八景具之矣。抑漁舍酒家，則又美單厚者未之及也，以是而追九如之義，而又益之以豐年之頌，進之以躋堂稱觴之文，壽之理何以加兹？故推其意而序之。

皋軒文編卷五

書　　札

答官坊陳介石先生書

昨者到郡，荷姻伯先生提誨諄諄。又不鄙其無似，惠示以《易説》，玩而復之，奇辭奥旨，實意外而在意中。"《易》本隱以之顯"，斯語先生可謂獨造其妙矣。坡於説《易》之籍，披閲頗多，然後知是書之卓。竊自量尊聞行知，當不在後生之後，顧愧未能卒業耳。尚圖稍暇，趨讀數月，以竟其趣，此旦夕所耿耿也。回來以敝祖業事，入山近一月，未能修候左右，乃蒙手翰頒下，獎藉逾涯，愧歉良深。小兒附泮回，述先達大賢光顧，載色載笑，感不可勝。春回律轉，伏惟萬福。

答王草堂先生書

去春，謁敝邑宰父母，稱道先生不啻口，且言禮學精深，私心忭喜，即欲執經座下，獲卒所業。因病軀牽挽，未能遠出。及六月到省，則尊駕已登程矣，悵恨數日。然聞有禮書梓於閩中，遍處搜求，竟不一遇。方託友尋諸武林書市，忽承遠頒，喜不可勝。山間無裝書匠，即自摺自釘，廢殮寢十餘天，讀之，始細認一遍，乃敢次以硃，次以墨。見其言古則酌法今，使無情文不稱之患；言今必本於古，使無武斷蔑裂之虞。徵文考獻，删繁補闕，果是數十年玩心，方能翦裁如此潔净。可敬，可敬。區區末見，僭妄加評，敢附尊稿以呈，皆是平日所疑，欲就正於師友者。幸逢宗工，故不禁傾吐，惟望恕其愚，講去其非，以祛其蔽，感當何如。示中所言《防微》一種，並無頒到。大作淳意發高文，古之作者正如是耳。高足林君到敝州，坡居去之百六十里，有疏儀節，罪罪。天涯比鄰，尚圖後會，自托青雲。伏惟道體安和。

答曾石巖邑侯問丁米均配書

切謂當道有政事，必集紳士、耆民共議者，蓋以居官一斷於法，而經生得引經而議也。伏承就米均丁之令，反覆思度，竟不可行。三代賦自賦，役自役，賦出於田，役出於丁。《周官》載師掌任地之征，均人掌人民之力政，明是二事。然丁與賦所以相關者，古者民年二十受田，六十歸田，故三歲則大比，以登下其死生老幼之數，此後世編審之所由仿也。自漢以下，唐租庸調最爲近古法。蓋有田則有租，有身則有庸，故天下無曠土，亦無游民，所謂"貴賤皆有事於王室"是也。楊炎兩税，始因地而制賦，因賦而制役，大亂古昔盛時之良法。炎身受陰陽之禍，至今爲名教之罪人。然自彼法一立，歷代雖有更革，皆仿其意而爲之。今天子仁聖，發德音，自康熙五十年以後，編審有增丁而無增糧，德至渥也。福州府縣率意遠思，欲將丁口糧額，按田派丁，通詳上官臬臺。又謂就丁編丁，而不計田均勾，夫今之編審，皆因米添丁，則已計田矣，何嘗就丁乎？且富者雖田連阡陌，不過一身；貧者雖苗無升合，亦有一身。普天之下，莫非王土，食毛輸税賦，既無容偏枯，然率土之濱，莫非王臣，均履后土而戴望皇天。富者則責急公，貧者必盡蠲其手足之烈，除其公旬之義，則役非偏枯乎？今之丁銀，既有定額，與糧並徵，何富可賣，何貧可差，何能脱漏，何有加馱？坡請陳其利害。夫米不一，有屯米，有寺米，有民米，有官米。屯寺重於民，民重於官。今欲按田派丁，將計糧額而均派乎？則輕者依輕，重者加重。將計田畝而均派乎？則廣狹有異，瘠腴亦殊，條緒轇轕，百弊叢生，此不可者一也。且現徵之糧額，有業去産存者，現在之額尚且苦輸，若就米加丁，何以克堪？坡不敢遠引，即如今感化里十甲張家，終歲敲扑，官受其累。人至窮時，毫釐莫措，若更加丁折，必有不可名言者。以此類推之，其不可者二也。人之貧富不定，則田之去來無常。今就現在田多者增以多丁，田少者減使少丁。設使富者當身有事，或子孫不類，將田別售。彼買田者買田，安肯買丁？賣田者賣田，安能賣丁？則一轉手間，富者依舊田多丁少，貧者依舊田少丁多矣。此不可者三也。若曰通計丁折之額銀，勻添通邑糧額之内，此切不可。萬一行之既久，大農之官，方岳之吏，忘乎此額，是併丁於糧，而以爲有糧未有丁，再設科丁之條，萬世之害，實由於此。名節可愛，鬼神難欺。昔袁了凡先生自記減糧一節，神即許以萬行俱完，斯事雖小，足以喻大。其不可者四也。大凡利不百則不興，害不百則不去。今朝廷清明，大法小廉，載其清静，民自安樂，不必更求良法矣。仁人君子當計百世之碩畫，不可顧一時之虚譽。父臺明通公溥，斯事必灼如觀火。然所繫匪輕，一隅之差，或致弊於寰海；晷刻之誤，或貽患於百年，是以恃愛，忘其狂愚，娓娓陳之，伏望採擇。

答曾石巖邑侯問地方事宜書

伏承下問，敬陳一得。安溪、永春、德化三縣在萬山中，國朝之初，山民尚留髮大袖，喜亂抗糧。如本縣感德大深一水，直透漳州，徐洲墟在水左，是本縣轄對面之地，就是漳屬。寧洋縣轄下去一帶涵口、瓦山、豐磨、水坑，是漳平縣轄。又下過華封嶺，至北溪，是龍溪縣轄。夾岸絶少人家，山高插天，一徑如掌，大在懸崖，下臨深潭。坡常經其處，戰掉眩慄。既是數縣交界，又陰森險窄，利於藏奸，又水陸行人商賈必由之道，所以盜劫歷來不斷。今泉屬惟於徐洲墟、漳屬惟於北溪，扼其首尾，每處多則三百人，少則二百人，實心緝追，互相應援，自然不要各處多設防備。永春縣惟於白鴿嶺頭與仙游縣交界處，德化縣惟於黄村、陳吴鄉與大田、漳平二縣交界處，各置三二百人，分防即可以控制各處。此皆康熙戊午年海寇圍泉州，家伯兄與諸當道應援，坡等敝叔侄兄弟率鄉兵四出追賊，開道以迎援師，所以山川險要，頗諳其實，非模糊意想者。今賊之所以窩容不斷，有一大利害焉。如某鄉某人拿得竊盜或鳴火盜到官，盜即妄曰：吾非盜也，某人妻女與吾通姦，假此害我耳。不然則曰：吾誠盜也。某富家窩我，某家受我寄銀貨若干。於是提女犯，追窩賊，盜反從輕，而一鄉已糜爛矣。目兵捉盜，解千、把處，盜即扳曰：目兵剥我銀幾百兩。則千、把不究賊，而究銀矣。千、把解賊到營備處，盜又扳曰：千、把得我銀幾百兩。則營備亦不究賊，而究銀矣。今似當四處出示，或鄉人，或目兵，或千、把，果拿是真賊，即扳奸情，亦不干問；即扳銀貨鄉人，則不干問兵弁，還有加賞。如此則狡計無脱，兵民無後患，自然放心追緝。然鄉棍藉此報怨驅財，兵弁藉此株連嚼民，加等痛懲，此尤似至要否。至於鐵爐，原是輸課官商，但爐煽時，則有礦夫、炭夫一二百往來，不煽時只有任事三四人，守爐編甲之法難行。惟出示諭各爐，招鄉人作炭夫，不許上游連城、上杭等處數十爲群。在各爐燒炭，嚴飭守口官兵，見有結宗在路上走者，盤明逐回。又不時到各爐密查，見異言面生者，先戒爐商清逐，如不聽則報官拿究。此法著實行之，勿瞻情面，自然弊端永絶。更有啓者，寒族在此近三百年矣，族丁壯者有千餘，又居各里之會，且世有縉紳衿士，自六世祖先祖、先伯及家兄數世，皆與劇賊血戰。明季，有一二不肖子弟，立會族絞厄於先墓之樹，盜憎主人，民惡其上，緣此通縣側目，皆有致毒之心。如去歲，陳五顯公祖父母中於飛語，含忍痛心，而不以相責，名爲帶念，其實皆家族之禍也。願父臺以後事無大小，一一下訊，則有無可以立剖。昔者未見，時人皆言如鬼如蜮之不可近，今幸鋒車來賁，山川風土，已在高明昭中，不禁傾吐，惟望恕其狂而録其愚，可勝銘鏤。

上金總制書

公祖大人總制閩浙，春生秋肅，吏畏民安。但憲府嚴尊，書生循分，不敢瀆爲小禮，以煩尊上。稟者延建有一宗寓籍民户，皆係四處不逞之徒，而敝府亦多有往上游以販木爲名，或竄籍彼處鱗户者，則逾垣穴壁，鷄豚爲空。或爲工放杉木者，則結伍群行，薄暮望鄉村，小處十家八家，遂聚泊其下，夜深登岸，洗劫無遺。或遇旦晚，有單船孤旅，則掠財害命。光坡常怪此輩徒手出門，及時節歸來，則履絲曳縞，跟尋蹤迹，乃知其由。屢欲陳於憲府，恐事似率爾。側聞七月間，制府兵將於海中獲賊艘，内有一賊名某。而敝邑群不逞在延建者，適放木到省,自稱吏部鄉人,連名致呈以保之。公祖大人好生爲心,姑聽取領。光坡聞知,竊感大人君子用意之厚,而深駭此輩趨死無忌之膽,私圖其宜,敢以實陳,伏望公祖大人俯賜察納,勿輕縱此賊。更將呈中有名奸徒拘提,問以罔上黨賊之罪。此則垂念家兄愛之以德,自此宵小屏迹,草竊不興,上游清泰,千里誦義,家兄萬里拜德,感且無既。光坡臨稟惶悚。

與曾邑侯書

景風向和,伏惟尊候多福。啓者恭聞審編,理應趨候,但老疲免征之年,計荷原諒。父臺教誨生植,户口蕃息。又奉恩詔添丁不添征之旨,歡喜何極!但一經尊審,添注解部,則永在賦册不除。萬一年世久遠之後,或兵或役,需用之急籌國計者,或以爲出於一時之恩命,非可執泥,必按名起科,或爲以王言固出金石,然權宜藉科,事已方免。此雖老生迂陋之談,但恃愛下,敢布腹心,屏幪已久,計在寬宥,倘望垂仁,則一筆噢咻,生世頌戴,高厚銘鏤,豈其有極。

與曾邑侯書

數年來,伏見父臺廉幹長才,陽施陰閉,士者懷義,烝庶感心。而寒族子弟思威寡罪,使如坡等一二老輩,得藉以免於戾,尤極銘鏤。昨者聞告養之請,忽忽然心若含梗,即家兄亦曰毅氣直道,吾方仰賴,是未可高蹈也。今果得遂萬衆扳留之忱,家兄喜動顏色,坡數年辱知愛之厚,復得典型,日瞻心儀,身被歡忻忘寢,實倍常品。緣有小事,未能潔啓奉候,但區區之誠,想在原諒中。所賜尊著一部,久矣佩研。至於前後示課士程文,口繹其言,心惟其義,高文至理,自不敢以尋常讀之。然隙竅希光,無能萬一,何尊奬之過也,抱愧屏營。小序勉已搆就,自覺醜惡,惟父臺清閑時垂覽。苟半辭可擇,則挂之篇後,幸托末光,不可則削之,以藏其拙。尤幸。

與伯兄書一

伏讀所教朱子繼道之功,後學向背之故,欽誦再三,卜世道人心,將有大幸，非虚諛也。蓋坡平日近閱，有明治亂之效，常勉後生曰："成、弘以前，家尊程朱，治幾三古。嘉、隆以後，姚江學熾，漸即流亡。天地爲洛、閩，證明矣，吾儕修身治世可不盡心乎？"後生笑以爲狂，然坡知兄道之旨，獨學而不苦者。蓋世必有聰明過人，而又有殊勛偉績，足以震主絶俗，如陽明先生其人者，方可以反覆吾道，狂呼衆生。今主上神聖，存誠主敬，天語諄諄。吾兄功德藴藉，發揮過於姚江，而契心孔、周，扶樹洛、閩，五百年治與道，非異人任矣。見今世後生學識，尚無卓吾、復所輩粗氣力，安望有勝於此者之爲吾道深憂乎？自吾兄視學之後，天下學使即自祓濯貪，風爲大變，秉彝好德，此其一徵。數年之後，定有知道羽翼之人尊聞行知，不偶然也。《年譜》四卷，封交張文。精思探討之教，坡敢不盡心！自通於後，則所不敢，但守師説，尊吾道，不貌是而心信者，區區不後於後生也。

與伯兄書二

此月望日，接得侄安信，知天語慰藉，林祖妣復得荷恩賜額。夫旌表者，循常之事耳，此則異數也。念前歲六叔夫人之贈不及妣見，夢六叔形色艴然。今日九京之下，爲善有歸，而後喜可知也。又知梅定翁，皇上賜坐縱談，不罪其誤，而嘉其書，深爲加額。思惟褒節尚賢，聖代之邁德，而追仁孝於數世，發幽光於草澤，使聖天子擴然無古今貴賤之限，而有貪賢之美。吾兄此量，百世未艾也。雖禹、皋之贊，二帝何以加兹？然則坡之知者，亦可言已。沈學臺視學吾州，清節自勵，今科歲畢矣，慎終如始，果無一毫之垢。又甚和氣，與諸生背經講學，勉以服古，清而容物，善不近名，真賢者也。其公郎諱樹槐，能與其尊府一心，撿衛異端，爲佳子弟，又甚慕吾兄道德性命之懿。去歲，道與佩言，科歲事竣，即欲假裝授業於門，吾兄試與而進之，真爲善者自別，方知坡言之不敢欺也。坡老矣，守訓自愛，無親狎於形勢之心，但善人多，則世道泰。前隨兄巡部，今見其行事相類，而吾州去京師萬里，爲善者無宿資蓄貨，以鈎聲勢，是以敢私陳之。

與伯兄書三

世元侄以前月十八日到家，備稱吾兄道容清晬，神氣輕健，不擇鞍馬簾閣，皆手不停披。而奉讀尊訓，猶慊慊於修身補過不足日爲慮，此真與道爲體者。既喜長者亹亹獲福，又益以自勵。恭接所摹御書二本，光芒照灼，追念阿爹憐林妣貞而不顯，以東皋祖伯有紀節詩，因録其墓，報以享田，今日同被恩額，若使親見，不知當何如也。求仁者之粟，猶爲盡禮，况邀異典，發易世之幽貞，率二人之遺孝，吾兄之顯揚横塞，可謂至於斯極矣。已於此朔日，集同屬子孫，鐘鼓以告於墓，而肅藏之。伏念聖天子褒飾綱常，無間久近。吾三世祖妣林氏，存三歲之孤，劓鼻自堅，以昌厥後，而事當元明交際，遂以黤黮。竊意勿言遠祖，只以尚有先妣苦節，丐恩同仁，未知可否？《洪範》定本，久未得見，不知改到如此精微易簡，蓋除去前圖，就經中抉出相天、協民、建極三意，以經解經。前圖雖好，頗似立意綁定朱子，所謂太極終在先天範圍之内者，正坐此耳。因思前聖卷書，昭垂後人，即見其自然之妙，而不知其精心遜志、涵咏絛暘之神，此古人之所以貴乎親炙之也。“和而後月生”之解，豈惟發前人所未發，且使後生讀書到戾契難曉之處，知中有奥旨單傳，不敢輕放，此功不小。兄上觀千載，考亭夫子之後諸儒，操戈入室，如吾兄者誰乎？五百年一人，夫復何疑。世元侄述兄命，令坡應舉，坡老矣，醜衣草履，辱於塗泥，二十多年，人欺鬼侮，非惟日間意思不能專一，即夜夢亦顛倒，自度難如齊翺之自反，而程朱之門，附青雲而聲施者，率多韋布。今《周禮》略知句解，《儀禮》十七篇可以全文暗倍，諸經温習皆不過數遍，念此輕微，所邀於天，亦已幸矣。惟望兄以爲依歸，求得所業，無外願也。朝夕得便即讀，夜皆盡二三更，即不敢偷閑，望兄赦之。《周禮》稿本已繕寫，校對得妥即寄上。

與伯兄書四

兄回奏數本，辨而不露，敬而有立。至條明於公一疏，中間不惟不報私怨，而亦不酬私恩，其所以杜群枉之口，發聖主之衷者，尤爲切當。若夫高文淳意，絶俗去晦，上方韓、歐，近代無比也。有德者必有言，信矣。恐東萊先生教人專讀《左氏》及奏議者，未必有此本領否？所賜《新注參同契》，諷咏數朝夕，其高大隱密者未敢臆度，惟見支分節解，此章以證彼章，此句以證彼句，不待求諸繫風捕影之間，而惟得諸上下文義之密。要在於羅列三條，劃然理解，所以振裘挈領，言不苟造，論不虛生，而明白該括，段段悉如朱子《定性書後》，古之所謂先覺者，殆如此與？注示洞精，乃信程子之云"讀書而至於爲聖爲賢，養生而至於延年益壽，治國而至於祈天永命"者，此書大爲有功。魏子有知，當亦莞爾也。千周萬遍，敢忘教益。坡自己巳一病，隱微中自覺消削，思前後之事，本分未有所立，所以獨宿三年，又不敢任情自損，少年盛氣，今則衰矣。動心忍性，柱下爲工。至言至教，願以書紳。

與伯兄書五

十餘日前，郡中喧傳保署延火，然言者未一，尚在疑似。至此廿日，閱報見吾兄題明一疏，是夜張寬亦有信與其子，方知吾兄舊痛微發，得侄仝醫，前接俱未至署。廿一夜，發火，風猛莫當，章英竟以灾殤，傷心涕洟，寢食皆廢。又慮兄體既怯痛，加以祗惕重灾，憐悼骨肉，未審平復如常，恨不得插翅飛到。永夜坐起，旋思君子遇灾，懼而不葸，哀而知敬，以吾兄盛德至行，萬不當有此。然降任默成，天心仁愛，有非常情所能窺測者。吾兄洞徹天人自然，厚自保重，盡仁孝以繼志，豈如俗士無聊，徒爲五行所制乎？方稍定紛念，求安關神，得"太平無事百無憂"之語回，與家人共慰，知神明之佑眷也。惟私念火之除布，或如商邱大火，是彼處定數。但吾幼孫與於不幸，恐是灾或有新徼，千里窮檐，豈無幽隱，貪殘多有，安必惟明。命盜二案，仁人之所憫惻，而俗吏遇必大嚼，伏望留神振飭，加意平反，使仁至義盡，不遺毫髮之憾，則百福駢臻，千祥雲集矣。坡愚昧，值此不自聊賴，不覺僭妄及此，吾兄必不以爲罪也。

與伯兄書六

奉接五月十二日手字，舉家食且下咽。蓋細按十餘年來骨肉安否，直繫於吾兄戴履之間久矣，深知其然。又近驗長幼變動，適天意之少移，所以憂怖失措，形體騾癯。及讀二義内省之訓，慎滿溢，密敬忌，一番振飭，則一番純粹。以此召致天和，可令世道蒙休，豈惟一家之生，全賴之甚矣。鄙夫之見小也，奉以周旋，不敢佚縱。所諭進看諸經，見意味和，幸之大也。坡自受訓知學以來，諸經注疏、程朱遺言，略見毛皮，執此以涉諸儒之流，測其所至，求深造平實，發千年未啓之緒，而指示在几席之前，未有如吾兄者。推之而準，傳之而信，故以爲五百嗣音，舍是無適。倘諸經關鍵，得開生面，於吾身親見之，亦不愧於空讀聖書，安得子弟向學者多，而共知此樂也。坡丙寅年集《周禮注説》，今將二十年，修改者八九次。近《儀禮》稍熟，參較節文，頗少舛訛，諸臨講解，隨所見到，亦多採摭。篇帙煩重，未敢以上。但念年已垂老，智識短淺，無所就正，不自知其美惡。今年重加彙定，傭人繕寫，欲呈尊覽。精力未衰，望賜是正，得再考訂覃思，覬有少進，不虚始爲之勞，它非所望也。

與伯兄書七

恭逢吾兄七十佳辰，伏思十年來，道德之粹，識量之高，如長日加益，銖積寸累，至於若決江河，真正學之的也。坡近温《二程全書》，見説天人之際，至深至切，始信《中庸》大德必得之理。蓋大德非性，生而成則必得，斷非有生而定，程、張所見之離合，於此可見。吾兄德至若此，則眉壽自宜永綏，既欣既幸，又竊以自勉也。觀彖，想又修得一番明粹，可以付鐫。以伊川夫子高第弟子之多，猶患《易傳》未有能受之者，今日更是難言。略能粗識文義如坡輩，不過三數人，書行，冀有志願學者，可以口授指畫，不差塗轍，正不當謙讓未遑否？坡無日不思省侍，但今年老氣，頻覺怯澀，又無僮僕之貞，特遣倆拜舞階前，家人尋常之物，禮動不虚，附以致誠而已。

與仲兄書

接讀兄所與傅侄札，知已就職，喜慰何極。善哉！世道休明，士無閲人待世之感，而天工人代，聖主亦不必借才於三古，吾兄仁心至到，經綸素裕，生靈數十萬，有福錫而無極凶，勿嫌於百里棲鳳也。坡乍離尊前，又不能追侍，敢陳其素所聞知，以當朝夕備俯擇焉。一，守令雖曰親民之官，然扃户深居，所得與百姓父老相見者，惟陞堂片刻耳。《儀禮》曰：與老者言，言使子弟；與幼者言，言孝弟於父兄。革薄從忠，夫豈無術？催科有用緩之道，訟獄有勸化之方，何必一坐堂皇之上，便當有刑撲之聲與？目見俗吏擊鐸將出，吏民待事者面皆如土，此何異虎狼？憑高即逆知，其有攫殺援簭之慘乎？一，天下州縣皆有常例可得之財。至州之日，胥吏必白曰：此邑淡泊，惟恃此爲官衣食之費。又白曰：此等民輸已久，入公無名，若不取之，便宜與他，亦無益也。坡謂此處切當理會，蓋胥吏欲藉以驗吾廉貪，且將持吾長短。試思是財非出於公，則出於民。便宜與公，則吾應分也；便宜與民，則吾赤子也。使之便宜，不亦可乎？一，命案、盜案，人之身家性命所係，而俗吏反嗜此以爲滋味，遇之大嚼。故坡前歲見龔禮冤死，貽書與倫侄曰："目今酒色貪殘之夫，視民命如草芥。每觀審命案者，原告所引干證，證曰是殺人，略問而無事；被告所引干証，証曰非殺人，則嚴栲令之反招。夫宜所據以定人命真假者，惟原告干証耳。若可以害人之生而己無痛楚，則豈無朋黨挾仇，以陷人於死與？非親非故，執途之人，以決人死生，有此直道之民乎？此中必有曲折，亦不可不嚴刑以訊也。吾夫子三絶韋編，特著議獄緩死之象於中孚，而古之君子亦盡心於一成而不可變者焉。"倫侄未之復也，故今日復爲兄誦之。一，坡每到州縣，必觀文廟，見堂上猶可至兩廡位次。今古既無倫紀，且傾欹狼藉，褻不可言。二丁之祭，陳設簡慢。至山川、社稷、視牲之夕，臨祭之辰，又極無禮。似宜肅恭振飭，使神明顧享，則灾害不生。蓋大節也，天下無道外之治，幼而學之，壯而行之，顯晦有命，躬行在我。憶前與伯兄巡部至大名府，屬吏有盛顏相脇者，有善柔相求者，伯兄沉吟片時，决曰:“吾年六十矣,今不躬行,又將誰俟?”坡心偉之曰:“賁育不足諭也。”虚齋有言曰:自古公卿多與草木同腐,而卓魯以縣令名萬世,然亦何嘗不公卿也?非兄高明,其誰能信之。行道濟時,以遺父母令名,坡老矣,聞清聲惠政,猶能盥洗告於宗廟,使先人榮之。

與從子世得書

日以里中紛沓,入大班,覬可少静。數日前,曾有書答侄,所論二英祀事,未知仲叔爲封寄否也。男孫八字,吾正以爲當扶殺,詳在前書中矣。勇南來,得所頒人參及壽汝季母諸件,尊卑垂念,當日歡喜,磊落綢繆,珍而用之。來銀八兩,欲答族禮者,不佞當特出請仲叔、三叔行之,另有後報。侄所問《禮》與《左氏傳》皆簸却也,不佞敢有所決,聊誦所聞而侄擇之。《大傳》言:禘郊祖宗。鄭見“禘”在“郊”上,以爲禘重於郊,故解《周禮》“旋宫”節曰:“此三者,皆禘大祭也。天神則主北極,地示則主崑崙,人鬼則主后稷。”其解“祭其祖之所自出”,以爲祀所感生帝、威靈仰,蓋周火德,威靈仰東帝,木生火,爲所自出也。至陸淳《春秋》引趙匡之説,斥鄭之妖妄,朱子從之,而禘論始定。然趙不言所自出者,廟與主之有無。朱子謂:設位於始祖之廟,東向,而以始祖配之,不及群廟。程子則以餘廟皆合食於前爲異耳。但觀昌黎韓公《禘議》,不爲獻懿立廟,而云“當禘祫之時,獻祖宜居東向之位,景皇帝宜從昭穆之列”,則所自出者之無廟,而禘於太祖之廟。韓與程、朱異世合符,可以斷矣。至《左氏》載:“魯爲諸姬,臨於周廟。”下文别有周公之廟,故知爲文王也,衛亦有之。《哀二年》蒯聵禱辭曰“敢昭告皇祖文王,列祖康叔,文祖襄公”是也。豈惟魯、衛有文王廟哉!大事於太廟。《傳》曰:“鄭祖厲王。”則鄭亦有厲王廟也,豈惟鄭有厲王廟哉!此上文廣言諸侯相臨,“同姓於宗廟”注所出。“王同宗於祖廟”注“始封君同族於禰廟”,則諸侯皆有所出王廟也。先儒謂《左氏》多誣,今案《公羊傳》曰:“周公稱太廟,魯公稱世室,群公稱宫。”不言有文王廟也。果有廟,必有祭。《公羊》曰:“周公用白牡,魯公用騂犅,群公不毛。”不别言文王祭牲也。《魯頌·閟宫》歌:“皇皇后帝,皇祖后稷,享以騂犧。周公皇祖,白牡騂剛。”侈言僖公郊祀廟祭之盛,及帝稷,獨不及文王。以《詩》與《公羊》正之,左氏之《傳》可闕疑也。九廟之文,不見於經,惟《祭法》列七廟,《明堂位》復有文世室、武世室。鄭以二室在七廟之中,諸儒以爲通爲九廟。然考諸經,鄭説爲長。孔子曰:“當七廟五廟,無虚主。”不言九廟,一也。《禮器》曰:“禮有以多爲貴者,天子七廟,諸侯五。”二也。又曰:“周旅酬六尸。”蓋惟太祖之尸,不與其六廟尸,自行旅酬,周人七廟,此最明徵,三也。《周禮·守祧》:“掌守先王公之廟祧。”《序官》曰:“奄八人,女祧每廟二人。”若有九廟,當有九人,今惟八,是以注云通姜原爲八廟,廟一人,故八人也,大司樂享先妣,故知有姜原廟。可徵,四也。鄭、王紛争,未有所决。惟劉歆云:“宗無數。”韓公云:“天子上祭七廟,典籍通規,祖功宗德,不在其數。”二子之言,可以息争矣。班史稱劉論博而篤,朱子稱韓禮學精深,豈不信乎?然則自出之帝世數荒遠,似必無廟,《左傳》周廟非傳之錯,則注之誤。九廟偶據周制,若殷有三宗,又不止九矣。入深不多帶書卷,得侄書竟夜默誦,所記粗發其端,惟推廣考之。

與從子世得書

頻聞侄生男孫之信,不惟欣幸添丁,且喜元氣復回。然細按廿餘載以來,吾一家未有不多故於戾,而漸息於和者。昔讀書傳,每輕視張之,百忍陳之,不聽婦人言,以爲自然而爲者,乃稱好善。歲月既多,體察身世盈減進反之道,乃知前之躐等好高,皆速戾於厥躬也。男孫八字,日主高强,時煞有制,行運東南,扶進煞氣,重休襲祥,於是乎在喜。喜侄言近日作文,糾之密而改之複,此於學乃審問之要也。百鍊而出,自别凡冶,過此以上,尋向道遠。吾侄敬讀朱夫子《中庸·或問》“博學”之一節,更覺路頭矣。蓋恐一向如此,必至虚怯。韓公所云“笑則喜,譽則憂”,無難易,惟其是耳,孰信哉!信乎己而已,又不可不誦,自壯也。所論“祭殤”注疏,誠是如此。殤必適乃祭,則“王下祭殤五”節其據也。成人必宗子乃立,後則《儀禮·喪服》問甚明。但程子有“殤與無後祭之别位”,《語類》朱子論至此,亦不非程禮也。近代事與古異,程子既以服制推祀高、曾,則殤與無後,吾與有服,祀之似可,况有後聖程朱之論可主張乎?然則三英之事未失也,吾因歎禮之難學,又不可不學。如韓公、程子皆明聖之人,而尚有數條當切磋究之者。韓公《小功不税書》善矣,但降而在小功,緦則税,明見於《喪服小記》,不審當日李秘書曾考以答否?程子論嫂叔無服,疑姑嫂何嫌,而亦無其實。《小功》章爲夫之姑姊妹、娣姒婦報姑嫂相服小功,甚明也。正叔夫子奪宗之法,後學頗惑。按《儀禮》:“公子之子孫有封爲國君者,則世世祖是人也,不祖公子。”是雖貴爲國君,無過得自爲宗,猶不奪正統之宗,况其餘乎?父爲天子諸侯,子爲士,其尸服以士服,此爲宗子賤而祭者設法也。宗子某爲介子,某爲薦其常事,此爲衆子貴者設法也,何必奪爲温公之喪,因明堂禮成,謂慶吊不同日。然大夫國體死,則君爲廢一時之祭,故仲遂卒於垂,壬午猶繹,見譏於《春秋》。况温公顧命大臣,非尋常大夫者比,且明堂之禮已成矣。在保署中,得閲萬季野所著《禮論》,内一則據《儀禮》“夫之所爲兄弟服,妻皆降一等”,以證嫂叔有服,當時甚偉之。今密考《禮經》,則兄弟似指女兄弟也。夫於姊妹在室,期出嫁大功,妻降一等爲服小功,注疏甚明,苟見季野以此就正之,嫂叔小功,近王有制,程朱有言,據此足矣,不必援聖經之似,且闕疑。如何湖中紛沓,入在大班,希得小静,無注疏可詳檢,然大意亦當近之。侄有所得,時以往復教我也。

與友人書

去冬,獲荷俯顧,多年積悰,一得傾瀉,欣慰無既。王父母五學之立,育才錫福,殷斯勤斯,爾時即爲家兄誦之。今歲,恐又屈先生德器之重,學問之醇,深素日受,益佩服良厚,逢人説項,未嘗不以爲稱首也。

與友人書

前歲京師獲謁座下,先生俯接顧愛,温文爾雅,感荷無已。己辰歲,復覲光暉，謙德厚道，知必爲天人所益，公郎果魁午榜。讀其文，得筆於先正，而加之以英爽，他年羽儀朝家，輝映中外，頃刻以冀。賀賀。先生優游望理，想不久榮擢九重，秉要千里，持節爲生民福。

與友人書

解手背面將三十年，老拙無似。即時至郡城而會，兄高托遠村，既難相值，欲致候道況，又無緣可達。少年樂新知，衰暮思故友，未嘗不往來悄懷也。奉讀手翰，迴腸感心，不聊賴數日，亦無可告語者，此意會兄想心昭之。試文高騫，堅若撞金，渺如抽蛹，又是掄元奪魁，絶塵而奔矣。可敬可敬。家兄念伯、仲二令兄不置見，令侄孫撫愛特甚，歷世肉骨摯交，今來復施姻好，積悰傾吐，尚圖面罄也。令侄家兄敬之愛之，時舉諸口。至孝友清淡，弟知之素，萬無不贊歎也。

癸巳季夏示季兒鍾份札

大凡勞苦酸辛之事，皆當以和平自責自修，弭前此之乖沴，道後來之永貞。一室之内，尤宜相慰藉，更加和氣。吾人一生七情之事，如環無端，日新之謂盛德。此惟勵志讀書爲上，次則思前日之所爲，知非自訟，日與家中人詬詈，何益於迓休集福之理乎？粘此於坐壁，以爲韋弦之佩。毋忽。

甲午冬寄三山示季兒鍾份札

兒此行爲親者行，然須相度，要得身在井上方可以救井中之人，切不可貪黐，使小人視爲奇貨，變弄以濟其私，此意兒當知之。公車盤費曾領出乎？兒建義不私其有，盡推其數與諸兄，既見體父母辛苦，美其歡心，誠意之懇到，又見知義勇，爲視利如土芥之猛力。慎持此誠，充滿此力，異日爲上爲民，經綸鉅手，舉此而措之可也。汝諸兄此行亦冀有達者。以兒之和氣卜之，吾與汝母深爲喜慰。艾英清淑可愛，餘平安。

皋軒文編卷六

碑　　文

重修安邑文廟碑記代伯兄作

今國家崇儒尚道，甲子年冬，天子過闕里，親禮生師之處，復大褒姬聖及周元公後，世其禄秩。詔天下修夫子廟庭，而凡先師講道明經書院，官有司繼新之。嗚呼！隆學校師弟以勸學，示敬道以嚴師，世師保之官族，以貴有德，此三王四代所以反本修教之禮也。雖漢武姬嘉之封，宋仁立學之詔，墜典所舉，遠有休光，然皆曠世而後，一行行矣，又不能備，以方聖代，一何遠也。吾邑夫子廟年久敝圮，邑侯孫公暨學師林君祗奉明詔，及官長檄首割俸，倡鄉大夫、弟子員共修之。經始自明倫堂、齋宫，既固以完，則又新其櫺門。葺厥兩廡門之工，侯治之；兩廡之費，則出林君。自是豆登之位，講讓之所，官有司之所栖憩，望門牆者之所觀瞻，焕然綦備。蓋昔者，地與前令李侯嘗有志焉，文殿雨風，初得蓋障，而會有行役，李亦去官，非二公之勤且共，則孰克究之？工既訖功，而請書其事於余。伏念安雖僻壤，昔者文公朱夫子嘗至斯邑，樂其山水，類延建間。夫自龜山楊先生得伊洛之道，而南傳豫章、延平，以至朱子，師承授受而聖道修，四君子者，皆生於延也。建州則若胡、若蔡、若真，名賢相踵，百餘年間，傳經授業，蔚爲儒宗，故閩中有鄒魯之名，由二州而得之。二州之賢不世出也，則二州山水之勝，天下之不常有也；吾邑庶幾類之，則吾邑亦不常有也。以不常有之勝，安知無聞出之賢如二州乎？方今扃岫林薄，前之未習文教者，其士皆彬彬然踐班行，列庠序，與上國齒，山川之靈，將鬱而發，不有聞於前者，必有開於後也。國家景運方昌，二君之賢，又能敏於奉上、意以惠學者，將當振興遺教,育成而作新之,使鄉縣人士上喻聖主教學之勤,追念先哲所以嘉許之重,各相矜奮,爲山川榮,是誠百年之績也,能無一言以紀其盛歟?

重修福安縣文廟碑記代伯兄作

古者學有大小,祭有專師,故祭先老舞師於東序,祭禮樂於瞽宗,祭書於上庠。近代以來,崇祀夫子,自京師以至郡國,學制惟一,無大小之差。四配十哲,七十二子,歷代經師,從祀於堂上,下亦無分祭之先聖先師之異焉。所以明道無二統,尊無二上,而立儒官以領之,設師弟子以群之,教德養道,補弊起廢,人治之大者也。今天子尊禮特至,新修闕里廟庭,遣皇子致祭曰:"今者使子拜師,子於路於宿,皆當齊戒。"其恭如此。復大褒有宋六子,示天下學者有所統紀,以達於洙泗,嚴師敬道,可謂超今冠古矣。福安,甌閩名區也,信齋楊先生實産茲土,受業於文公朱子。《儀禮圖》注校講詳明,其有功於斯文甚大。縣舊有廟學,經兵亂,外禮門、義路,内至寢殿,及旁之明倫堂、啓聖諸祠,頹落將盡,奎光閣三處則廢無存者。吾甥孫君襄司教此邦,興文勸學,喟然請於督學汪公,因出己俸爲舉本,以倡州人士,壞者修之,廢者建之。又新作文公朱子祠。此秋淫霖,流破民居,官吏咸曰:"非此役後,雖欲不可復矣。"工既訖功,以書來官師,請紀其事。地夙景行前修,而未之能至嘉。孫君昔從余請業,通經史,善文章,試吏於學,能揚所識,可歌也。已歌曰:

長溪之墟,名産之地。舊有廟學,鞠於狂猘。孫君之來,以諏以筮。自門及寢,結搆次第。罔極之恩,南面川祭。群聖從座,千秋萬世。登堂入室,瞻拜鼓厲。惠於生師,以嘉來裔。紀其功緒,勒之牲繫。尚俾後者,有承無替。

重修宋太師丞相隴西郡公忠定李公祠碑記代叔父作

蓋三代而下爲臣者,如漢忠武諸葛侯、宋忠定李公,其學皆知聖賢之道,其事君終始,安危不易其誠。而經緯開闔,變化於俯仰間,其才又大,學同也,誠同也,才大同也,忠武與公,吾何後先歟?二公並丁末造,所肩險阻,有邱山之重,乃忠武獲推誠於二主。二十七年之中,雖敷施未究,猶得竭股肱之力,樹勛烈,赫然奕世。視公汩没於庸夫孺子之口,在位七十五日,三謫去官,往而不復者,有幸焉。而忠誠慈愛之厚,雖危起居,猶伸其志者,則固非屈伸消息所能異同也。公宣和初爲起居郎,都城大水,抗言變不虚生,將有兵戎之禍,遭謫與一縣。後七年,金師南下,蓋其應焉。公刺臂上疏,以決内禪,力阻襄、鄧之幸,修守戰,却敵師,定半濟邀擊之謀。而舉朝方争爲棄三鎮求和,以苟厝薪,無復慮遠者,公亦罷去,而國事不可爲矣。建炎,召公入,首陳十策,建遣張所、傅亮以收河之北,東疏南陽形便,將以西連關陜,東達江淮,南通荆蜀,北援王都,繫中原士民之心。又遭讒以去,自紹興以後,廟堂之上,無意於公矣。而一帥荆湖,再帥江西,悉有顯功足紀。國家有大事,則一疏繼至,皆自疆自治之要。辨正北面事仇之誣,反復以終其身。嗚呼!宣和風雨之震,靖康離黍之悲,建炎偏安,卒亦無所立。公先事言之,如執符節;當事任之,則立效;後事思之,而又不用,用不竟終。耿、黄之唇舌紛羅,不足厚非也。魏公張浚亦顯有譏彈,豈非智之於賢,固有命哉!忠武慮漢賊不兩立,鞠躬盡瘁,没於行間。公不爲和議,鰓甈跋躓,一生九死,此先後同揆,而古今所致慨者也。日煜起書生,當逆藩阻命,爲侄光地達密封於闕,事平之後,天子加恩,授侄學士。復賫辭表至朝,召見,陳方略,特擢今官,副邵武軍事,得拜公於祠下,而祠宇頹落,階級剗削,不足妥靈,謹修而治之,俾民承祀,永有庇依。公系出有唐宗室,有爲建州刺史者,遂家焉。煜之系,則出唐江王元祥,族氏蕃昌,散處諸州,顧代遠風微,譜書淪落,不敢自附梁公,爲耻古人,而區區之心念,不至失身,庶奉典型,以無隕越者,固不繫所親焉。因伐石以記之。

義建江西吴城八閩會館碑記代伯兄作

天下之集於京師,而皇都廣輪遼絶,居止異道巷,卒有羈旅之苦,吉凶之事,求因依者,莫得鄉井之親,即同鄉井者,亦無由以相賙恤相救焉。於是有列於朝,與夫尚義知仁之士,畀財築室,以處於凡仕者、游者,名曰會館,十五國,國自爲别。嗚呼!此固古遺人委人之事也。三十里有宿,宿有路室,五十里有市,市有候館,以待賓客羈旅,以養老孤鰥阨。天子之所教,諸侯修之,自邦中以至野鄙、縣都,莫不皆有,豈獨王畿宜然哉!江右名區也,南昌會府也,吴城國野之經道也,毗於南浙閩粤,大江之所出,荆襄會焉。故諸州之宦游互市者相踵,而吾閩爲多,道里既修,游者或靡所栖托,死則委翳荒郊,往往有焉。郭君炳潤等不忍,相與請於督帥許公諱貞,爲八閩會館之役。公慨然斥其俸資,且爲弁言,以丐闔將,牧伯與江右及吾閩之州長縣令,皆有分財,以成其美。噫!功今六年就緒矣。昔者東南阻兵,公爲天子出力,勔勸戎馬間,而能以其時餘仁及於父母之里,宜乎功施而惠著,洞庭、彭蠡之間,有遺思焉。郭、羅諸君,彼以一身,何所不安,而所存若此。觀其行誼,固四海之士,抑古不云,人職其憂,乃非所職,而分憂至之,如文武守土,諸先生其仁心之厚,蓋可書者也。郭公介許公之弟欲余言以落之,余曩官於朝,嘗與吾郡宗伯富公圖是舉於京師,迄未有立。既嘉郭君之能,且念當時若有斯人者,庶其成富公與余之志,而又愧不如許公用心之誠,以獲從文武諸公後,徒至於今,歉歉也,故書於後以遺之。

重修安溪縣城垣碑記代伯兄作

前歲被命巡撫畿内諸州,維時邊城晏閉,牛馬布野,州縣垣堞因間有崩陁者。天子慮周四極,部檄日至,余承將於境内州守縣令有能培薄增卑不怠者,必嘉勞而首揚之。吾州自封鯨波息,里閭無犬吠之聲,黎庶無干戈之役,垂三十餘年矣。屬縣之雉堵低昂者,狃於治平,習實爲常,而吾邑尤甚。雖時或修治,然具具而完,迨雨水澍,則滑越有加。邑使君曾侯至治,承督撫之諄命周視,言曰:"完則氣聚,堙替如此,殆宜泄矣。民居將不寧,抑頹若魁陵,委若糞土,奸且生心,亦非所以綱維四境。"於是仞高卑,賦丈尺,出俸以屬役。諸里之紳士人庶，謂侯操廉而俸約，役且繁費，度當足者在揣寡爲多，皆效其財力，以來佐助。經始於春，莅政之餘，無寒暑勞逸，必躬巡之，凡繕六處，必牢緻爲上，毋或行飾。八閱月而竣，爲名修舊，實新築也，且將新四門浮思以休財息力，故期及明年。父老人士環觀而樂之，皆云嘉績茂哉！請書其事。夫事上者象時，中者儀地，下者和民。《月令》："孟秋補城郭，孟冬坏城郭。"故天無伏陰，地無散陽，繁祉在人，此象乎時也。《周官》：掌固修城郭、溝池之固，而後司險守其五溝五塗。侯人掌其方之道，治周垣翼翼，四境恃之，若防之制水，此儀乎地也。《春秋傳》曰：其地足容人，其民足以滿城而自守也。故人無遠志，守則有威，居則有重，此和乎民也。通天地人者謂之儒，修文武之者謂之卿材，侯之斯役，三善裕矣。儒術既效行，附之以今名，揚之以高位，出而方岳，內而臺司，文武之道，舉此可措也。既以頌侯，且顧父老曰："爾其無忘之哉！昔者山海交訌，流寇朱寅攻城者再，吾與李侯血守，攝北追奔，散其萬衆，惟城完故也。玩日愒歲，圮墮且十餘年，乃今百雉如故，難易有備，爾樂其安，吾思其始。"《詩》曰："南有樛木，甘瓠纍之。"小民爲瓠，使君垂旋而維之，其何實非德，爾其無忘之哉！

京江張相國太夫人何氏墓表代伯兄作

康熙三十七年戊寅冬，張母封一品太夫人何太君葬於丹徒縣迴龍山，祔先夫河南提學僉事、封內閣學士兼禮部侍郎湘曉先生之兆次。三十八年己卯三月，巡撫直隸兵部左侍郎李光地刻其墓碑曰：何氏出晉何無忌，有功劉宋朝，厥後世居丹徒。太夫人之考曰鳴素公，治經，爲諸生，有名能，贈大夫。兄曰鐵崖公者，官湖州知府。曰青綸公者，官督捕主事。太夫人幼習女順，寡言笑，中儀式。年十九，歸閣學先生。篤於仁孝，君姑錢太夫人疾篤，醫餌蓡苓，劑錢貴不可價，太夫人脱鈿易之，毫無計留。君舅贈公歿，閣學先生以考功郎中請告，未至，自初喪含殮，及終饋奠，皆太夫人主，率如禮法。佐閣學先生勸學，乙酉，冠於鄉，旋成進士，文章爲宇內楷。己亥六月，海寇犯京口，先生助城堅守。城陷，先生走吴越乞師，賊嗛之，爇其家，而累世傳器，故藉太夫人檢藏先出，以得無燬。甲辰秋，先生視學河南，至今人士咨述公明内外之防，太夫人有助焉。長君登甲第，未究而没。次即相君，初爲翰林，得告省覲。不數月，滇亂作，先生與太夫人促之就官，曰："非臣子安居時也。"相君至，天子嘉之，連歲遷次，遂首百僚，以贊便章。近年邊寇抗戈，覘望風塵，天子三出絶漠，行萬里，討平之。其地古所謂繩行沙度之阬者，相君每役扈從，不顧難險。四子督學，君又佐輸輓，以饋六師。太夫人在家，晨必露香稽首，祈天子福，不爲游子睠懷也。太夫人性和粹，待族姻皆有恩意，守儉無珠玉之飾，而好賙予，養窮孤，賑饑寒，施櫝材，行之不倦。又閣學先生登第以後，諸子趾美朝紳，朱緑相望，鬱紆而貴，而能下肅門内，皆就退讓。先生既殁，太夫人專之整齊，不失其初，故親交無所悔望，里閭仁其庇庥。自初封孺人，累封至一品太夫人。丁丑冬，相君歸省，御書悉藏五部，以賜太夫人。戊寅春，太夫人來京師，其夏卒，天子命學士賫酒與茶祭之於位。嗚呼！閣學先生終始以禮，稱爲名臣。相君立身治事，兩有武文，登槐贊元，以忠孝擅聲。諸子諸孫力學行，中科取名，居官砥節，並爲邦家令人。惟太夫人之相夫能聽而義，教子能愛而方，宜乎爲婦爲母，克享多祉。年幾九十，生有榮號，殁見寵施。其存也，貴者顯揚於朝，居者御食於側，孩者嬰者餕甘旨於下。其窆也，耆艾之子，少壯之孫，垂髫之曾，縈環攀號。其往如慕，其反如疑，百福之盛，自興朝以來，鮮有其比。太夫人生於年月日，卒於年月日，春秋八十有三。今相國家昆既以太夫人之懿德位年、子孫世次，書而銘之墓矣。相君以書來曰："孤母墓宜有表，子其無所爲讓。"地受相君知遇，又從主薄諸君同服官僚，於太夫人爲母道，伏念《詩》之序曰："君子積行累功，以致爵位。"夫人起家而居有之，德如鳴鳩，乃可以配焉，是故始於鵲巢，終於騶虞。歌諸鄉國，爲聖人之瑞；列諸正風，爲修文者所首稱。則今日太夫人之醇行，昭於金石，配於山川，夫豈非宜。故不辭而承重命，次壺彝，章婦順，表諸幽墟，以垂後人。

記

設祖祠東龕藏主記

族氏繁衍,支裔各祀其先,積世既多,神主累十盈百。一旦或因事轉徙他鄉,或嗣息不繼,宗親情誼,厚薄不一,棄之如遺。若下西居,兄身死之後,其上代祀主,湮滅無存,深可憫傷。今祖德方光,尊長慈仁,坡敢敬體厚意,参之古禮,合以後聖之論。蓋古者親盡祧於祖廟夾室,此天子諸侯禮,今士人家安得有此?故《禮注》有埋於祖廟兩階之間,然古階在東西,則階潔净,今階在中廉矣。朱子故又有埋於始祖墓側之論,而近世忌諱滋甚,苟行埋於階間,祖墓之禮,子姓盈千,偶有一二壞財傷丁者,則嚣然以爲動土破塊所致,更增罪戾。故今敢製大龕,以備宗親。不幸無依者,送入於此,水火不及,風雨無驚,祖先顧復,尊卑相噢,猶愈於遂棄也。但禮降情殺,朔望不敢設香燭拜揖,春秋祭祀不敢祝請袝享,謹依古者七月祭厲之禮,至七月間,方擇吉設薦焚楮,聊存血食於不忘。嗚呼!長林豐草,猶沾雨露,豈德厚流光,而使子孫有餒鬼,度祖宗之意當不忍。然敢酌大義,陳於尊長。永州鎮帥叔父首可謂然,敢述而書之。

修六世祖樸庵府君大深施田事成記

庚寅冬至,大深清執祖記上田段,種聲傳集當管業户,以祖手書示之曰:"吾祖是此名,其字迹如此,汝所管契此名此字,則吾無辭。不然,祖有五子,一子賣,四子不下號,猶私售也,況横奪乎?"或曰:"遠矣。"曰:"如吴家欲佔杉坡,契作景泰年間,則吾天順何遠之有?"或曰:"吾授受有自,曰吾祖非白搶者,但田已施出,不復顧藉道之。"云:"遠莫肯朝夕,致汝五户偃然奪去,竪爲施主,其子孫私相典賣,磨吾立碑,毁吾祖位,廢吾超度之祀。吾族有田少糧多之産,不知其自來。昔時里役之困吾子姓,有傾家仳離者,今日不修舊恨,念是先世負心,非爾之爲,尚久假不歸乎?"於是按與記上相符者,次第來還。至辛卯饑,壬辰春,再入竟其事,共侄世元謀曰:“始與清吾界,首恢明祖心,今可酌留多寡。善在我,亦在衆,多畀僧人,何爲?”時適有姜傳英言曰:“此舉良厚,但憫幽者餒鬼,獨不念明者止此數畝乎?”坡再三謝曰:“是吾心也。”此子與陳岳郎皆有善心直氣,言當其的,可人也,因畀侄成其事。今事成矣,所换契券十存三四,列之如右。其體當曲中,緊侄之力。噫!百里長道,客路甋甗,雖有千區百井,土人利之,吾不以爲良,但折薪不克負荷,吾等之耻也。蹊田者有罪,攘善者無績,君等獨非過乎?依違蓋覆,何如岳郎之從容解紛;露刃猙獰,何如傳英之談言微中?田不可移神臺,其依福胙,諸鄉登之,鬼得所歸,乃不爲厲,安寧亦諸鄉受之,子孫代代,永爲公善。山南水北,傳世無窮。若有族子不肖忘祖,漁利諸鄉敗類,依前丐奪者,俾殄其家,無克祚世,及其孫曾,無有老幼,明神鑒之。編次付梓成卷,藏諸宗廟,分之族中,廣之鄉士,付之僧寺,以永其守。

臯軒文編卷七

志　　銘

擬代太倉王相國爲伯兄文貞公墓志銘

公諱光地，字晉卿，號厚庵，賜謚文貞。考惟念公生四人，公爲長。年甫四歲，有紙剪“忠義”大字於關神燈上者，即伏地取炧炭摹肖之。五歲入幼學，讀書倍文，功力過人，有通才，能詩。八歲時，季父指廳事幅畫，令對曰：“一幅丹青，繪盡古今來山水人物，畫工化工。”公對曰：“兩道乾坤，曲成天地間走飛草木，陰氣陽氣。”十二歲，公考命五題，自辰至酉，楷畢，居然大篇。乙未歲，賊陷山砦，公兄弟四人及季父家俱爲賊囚，鞭樸求金無虛日。公以稍長，推拽絶食，徽攣刃擬尤劇。然得間，即取賊兒書讀，賊大畏之。脱難後，家破，逐十畝爲居。戊戌年，公考病疝，幾殆，公讀深夜，後即露禱中庭。一夜夢至廣村，遇所識僧已死，駭曰：“郎兒何來此冥居也。”曰：“正求至此，問父疾，且祈壽耳。”僧曰：“尊公無恙，大期之疾在口，非疝也。”問其年，示以二指，謂有二十年，且曰：“主者未出，子入觀乎？”遂入至墀，惟一直吏據案立，案有大簿厚寸，問曰：“彼何也？”曰：“是陰騭録名，子視之。”揭而視之，則已裒然首名也，略閲而出。自是考疾漸損。至甲乙亂，日夜憂危心焦，舌生皴皰，不可愈，衰瘠至丁巳而卒，適二十年矣。因感考病，恐禄養不逮，遂發憤無他。當明季後，講師不講戒慎恐懼，而講所覩所聞之所者，論爲文則曰修辭寧失於理。而州有前輩，專以鄙惡詈語，姍侮對賢，奴僕法度士。公考惡其書，購《六經》、《性理》、《蒙引》、《存疑》以爲課。公於是乎披心維曰書萬言，數年中竟然若有得者。斂衣冠，謹坐起，非程朱不敢言，尊卑間憚之，至以相恐曰：“晉卿來則裸者衣讙呶者息。”因噪爲假道學,或面尤之。公曰:"夫假者外然而中不然也,若心知不可,黽勉自持,恐不謂假,且亦儒者疏節耳,何張皇及道學也?"年二十五,舉於鄉。二十九,成進士,官翰林。因習國書,悟三代遺音,授編修。是年京察,最其列,天子特召見垂問,以寵嘉之。假歸未數月,耿逆叛福州,鄭氏又分踞泉州,公自念窮巷一命,遂蒙殊恩,無葵藿之心,是草木不如也。然行無捷徑,動皆窘步,因謀於六叔,叔爲變服四行,日倍百里,經年既得願。僕又偵聞道,報公曰可矣。乃繕蠟表,叔又間關送至界上,以達於將。行數日,懼事泄,禍重日夕,惟自言曰:"須知禍不可以苟避。"既行之日,三日不下樓,不笑語,其氣甚肅。時賊猶稽誅,危言日至,百口艱難。丙辰冬,耿、鄭敗,約自戰於汀州、邵武。王師由仙霞入,躡北追奔二千餘里,至福州,耿竪降。然鄭猶守泉,而其州吴越之商,廷試之士,接武至家,喧傳密奏事,漸聞於鄭,鄭大恨,親疏皆恐,公曰:"邵子云'思慮未起,鬼神莫知',前奏行時,吾息念三日,懼鬼神知而搆吾也。今幸已達,雖四衆知,無鬼神興而助之,禍將不成。"旋諸州皆復,將軍傳旨,親王奏報,特升侍讀學士。還朝,至三山,而考卒,匍匐歸喪。有蔡寅聚衆萬餘,裹白頭爲號,驀入泉州,又兩次攻安溪縣。公檄四鄉,無資之糧,以百餘人究掩其後。衆潰,寅遂走死。戊午年,鄭氏復攻海澄,分圍泉州,四郊皆壘,三軍之懼,無時不警。督臣節師,羽書交馳,公糾練鄉旅,俾從兄光斗由西道出迎將軍喇公哈達之師於漳南,遣親弟光垤由北道出,路與賊遇,三鬥皆捷,奪白鴿嶺,迎巡撫吴大夫興祚之師於仙游。二救至,遂解泉圍。以功升學士,服闕,至朝,授内閣學士。時施公琅爲内大臣,因會頃陳海中離岸,生涯甚晰,言臺灣在東南,風利於西北,然冬月風惡,又多作於亥子夜半,刮踔相失,所以爲難。若由厦島入銅山,由銅山平抵澎湖,可以六月興師,瞭如列指。上向意討平,而朝士或持鱗介衣裳之議,公獨以爲可取,且薦施其能,深合上旨。然八罩、嵯石泊舟十餘日,而風舒不波,環海水淡,挈壺數萬衆,而汲取具足。季夏解東征之纜,孟秋薄僞國之郊,此皆皇靈遐暢,殆天事,非人力也。歷翰林學士、通政使、兵部右侍郎、工部左右侍郎,視學畿内。至官,洗手奉職。凡試命題之後,群擁座前,爲之講解書義，文成來致，爲之考評精粗，又使能兼讀别經古文、記無遺者，即與入學，爲之背誦，至漏下二三鼓不倦，未嘗高坐絳帳，客將呼叱，爲先輩達官之儀。一日，與諸生縱言，俗學卑陋，宜進於古，有老宿數生，捘手他顧，因呼譬曰："賢以學使，教人倍諷經文，爲口耳之學，不足貴，奈賢輩空靈，學使亦未敢心折何？"堂上下粲然皆笑。今北方人士多服古敬學，追江都、昌黎之躅，公實倡之。科試未竟，因改直隸巡撫。察陪屬，修武事，築堤扞流，民去水患，得上田。時有議開畿南河道並漳、滏、滹、沱諸流爲一者，公以爲費不可勝計，破邑廬宅兆尤衆，抑流合奔猛，害將莫大，議遂寢。居七年，皆恭順以稟上訓，和正以得吏士心。所校講施罷，其大者在令甲，其細可略也。就遷吏部尚書，召拜大學士。薦進人士，扶掖善類，因事陳列，或未識其人，而其人亦不知公之實薦己也。與政府同官論事知理，無激昂，事非私己，故勇不動氣，義不陳色。公誠之心，盎於顏面，而非强爲者。公自十七八歲即沉潛於《易》，自諸解外，陰陽名象之書有涉於《易》者，亦求其凡要，後漸悟孔子之《易》即文周之《易》，文周之《易》即羲皇之《易》，鈎連條貫，若窺其緒。及被命承修聖主口授單傳，又教之窮象渺微，盡數毫忽，削去疏冗無爲之談，兼採漢晉以下精言意，至公而善無遺，文不加而理備足，然後春融冰釋，洞然知化工之神也。其他所受成《朱子全書》、《性理精義》，皆精微是正、裁自聖心者，今藏於秘府，頒於學宫。尚業四子他經及諸外解，有得則書，書而輒改，十數易稿之後，幾無前語。故凡辛苦而僅有之者，皆銖積寸累，而猶未敢自謂卒得之也。歿後有旨，取平生著述，今悉以進御。嘗言曰："老氏守氣，釋氏存神，吾儒本性。"又曰："性之不明也，虚齋、整庵欲於氣之曲折處見性，姚江以昭昭靈靈言之，皆難以口舌争。須知氣不過運動，神不過知覺，而所發之理乃性也。如見孺子入井而惻隱，能惻隱者氣也，知惻隱者神也。而惻惻然發於不自覺，動於不得不然，此處非氣非神，乃情之正而性之真也。程子稱形而上下，爲截斷分明。朱子言太極、陰陽，當離合觀。"可謂精切。又曰："命無不正，如君命然，授以當官職事，此正命也。其間或仁或鄙，既假之權，正與不正，皆其勢之所得爲者。逮考績之時，賞善伐惡，則依然初命之正矣。天賦以仁義禮智,此正命也。其間或修或悖,天亦末如之何,至因材而篤,傾覆栽培,又依然正命也。”弟子有問:“五行各一,太極不相假借,請明指之。”公曰:“欲於寸鐵尺木,使吾指全體則不能,請以孝爲太極、喜怒哀樂爲五行觀之。如親有得而吾喜,則孝心全體在喜,不必夾以怒哀而後爲全也。親有疾而吾憂,則孝心全體在憂,不必雜少喜樂而後爲全也。無餘欠,無彼此,皆以此意求之。”有稱“神化二字,張子言以仁義,朱子言以中和,可謂實體”。公曰:“然。以愛子言之,只此愛心一神也,而或飲食之,或教誨之,則神而兩在也。然飲食此愛也,教誨亦此愛也,均之一愛,所謂兩化而推行於一者。”蓋自程朱以來,神化性命,爲儒者出入明晦之大限。公深探力取,引而示之人倫日用之近,冀知道來哲亦將有取於此也。質怯,自幼至老,聞爆竹輒掩耳,不敢獨行獨宿。惟至利害決擇,則誦程子云:未能不動其心,先須持其志。禍患及前,則誦朱子舉佛語云:假使鐵輪頂上旋,定慧圓明終不失。蓋忍耐堅刻,佩先師之至訓,凛生三之大義,不至虧體辱親,曰幸晞已。自通籍後,以孤忠結主,知涉險履機,切自摩厲,不留蒂芥。范文正自言平生無怨惡於一人,公其庶幾與?嗚呼!今其殁矣,生堯舜之世,遇知聖主,作之君,作之師,進德修業,希日月之光,自托於無極。天章所被,褒及上下,握手温言,禮如家人,存殁之賚,聞者感歔。位冠人臣,年幾大耋,獲老牖下,歸完於先親,皆臣願不及此,而曲全之恩至也。公生於年月日,卒於年月日,春秋七十有七。今以年月日葬於某鄉某山。前葬,孫清馥等以公之行誼、歷官拜書,使人北走八千里至京師,請爲公銘刻之幽石於余。余與公同年進士,同官翰林,晚又朝夕政府,最爲知公者。銘曰:

生人立命,端在六藝。或至於今,急名與利。患去冠冕,飾其鞶帨。或志於古,當用則泥。瓦釜黄梓,不與情對。遂使儒書,目爲具贅。美哉先生,學卓姿異。知德之本,達事之制。曲肱疏水,金革萬務。處之沛然,道非有二。帝省竭心,恩顧無已。成其所學,誨其所至。見而知之,通微作睿。允矣素修，原委川祭。單提直上，脱焉超詣。群聖嗣音，千秋萬世。登堂入室，精粗巨細。契于聖師，以質來裔。高邱相阯，中封考筮。河漢重泉，天光永貴。知氣昭明，陰魄委翳。嗚呼已矣，嗣德有繼。

代伯兄爲忠勇王黄公暨王夫人李氏墓志銘

歲丁巳，閩亂既平，皇帝念嗣海澄公、壽巖黄公，能銜訓嗣事，抗志捐身，顯有丕功。惟父子繼忠孝，宜示優異，追爵爲王，謚忠勇，遣官諭祭，給壙塋、碑亭、銀兩有差。又九年乙丑，王兄今嗣海澄公諱芳泰，王嗣子諱應纘，以某月日奉王及夫人之喪，合葬於漳州郭東門之外山曰厚望，坐乾揖巽兼戊辰。將葬，介書於余曰："先王大烈，靡不聞，然其詳且信者莫如子，是宜銘王之墓。"光地曰："唯唯。"昔者閩省阻兵，地與王實同危事，知王所繫安危輕重之故，且得其造謀興師、出入戰守、城陷死事之由，有概有詳，謹志之曰：王諱芳度，壽巖其字也。少遲重不戲，偘偘自將，狀貌瓌偉沉塞，軍民皆目之。甲寅，耿賊作亂，王考忠恪公開府漳郡，時方病疽，聞難，疾益急，以忠孝敦王，遂薨於位。王嗣事未數月，鄭氏復乘亂踞泉州，二賊方連，勢爲犄角。王乃密募精鋭，外與賊附好，陰遣其標下黄藍詣闕，備以情上達，且乞大師接應自效。上大喜，誇示朝臣，命襲公爵，促援師，速與王會。居久之形，稍外泄，賊有至王城者，見其戰備畢飭，號令申嚴，歸謂其帥，是必急圖，無易爲少年。乙卯年夏，賊傾師環城，王乃誓衆曰："無慴孤城，勉戮力以待援。"遂使今嗣公突圍迎救，自與諸衆分禦四門，勗之曰："二賊畏我後，是以不敢悉兵於江粤間，區區漳郡，其所牽掣不細。今及援師至，表裏擊之，此賊自送死，不可失也。"則又機火具於府中，誓家人曰："設有不利，皆殞於此也。"且示諸軍有必死志，於是擐甲登陴，躬親矢石，賊輦炮攻城，訇聲震雉圮，而附於隍五十餘丈。王下火藥，盡燒其緣城者，立柵舉土，須臾而城完。瞻傷察創，撫摩備至，三軍皆人人自奮。時又置重賞，出輕師，以躪賊營，賊皆扶傷奔命，血流波道，其良將精卒殆盡，自此皆築垣自衛，莫敢有蟻薄城下者。捷疏上聞，上又密敕獎慰，拒戰凡六閲月。前嗣公諱芳世者，以援師徙汀州，間道至，賊聞，將駕海遁去。叛將吴淑者，故守東門，二心於賊，與弟潛開門延賊。王聞變，登北門之山，趣諸軍巷戰，失利，遂投井而死，不及援師間二日耳。賊入，遂辜王屍，於時殉難者王母夫人趙氏，世父贈按察司僉事諱樞，兄贈太常寺少卿諱芳名，弟贈太常寺少卿諱芳聲、芳祐，期功男女凡三十餘人，諸將死者黄翼、蔡隆等九人，家衆從死者四人，皆感王忠義，駡賊就戮，無肯降者。城陷，王夫人李氏命婢爇前所機火具不及，爲賊所執，夫人怒駡不已，搶地毁形，賊幽禁嚴防之。得間，竟自經死。夫人王在配，君子無違德，遇變完志節，不負所天。嗚呼！可謂烈矣。漳之南則粤，西連汀、贛諸州，北通省會，興、泉二郡，山海之要區。耿、鄭二寇，患王居中，爲己不利，卑身佞辭，求與王好，加爵遺金，使相望至，既不可得，則傾國決鬥，以逞凶心。是役也，使叛謀不就，則天誅得振，而鄭氏潛踪於海外，王旅輪蹄，驅馳無阻，則耿氏脊尾既截，亦將束手待盡。而又假王重節，坐制嶺海之間，又何至閩之一亂再亂，糜國家不貲之費，輕喪無辜致義之士，五六年而後難平哉。雖然，不觀於此，又烏知王之斯舉，實制成敗呼吸之機，而不徒區區保孤城，殉一身之節也。銘曰：

惟王列考，策庸勛書。上公授爵，制有疆墟。傳序於王，遭時險巇。山豨海鯢，互爲駏驉。顛覆鄰土，幾何其餘。臨難蹈危，感泣欷歔。歸於一死，萬古有譽。生備藻火，没榮琚瑀。嗚呼王者，生死不虚。相方視阯，吉土既胥。烝烝孝子，謂銘在余。最此休烈，後嗣保且。

代伯兄爲宫保提督中庵萬公墓志銘

公諱正色，字惟高，號中庵。其先出江右，祖初齋公始來於泉州之潯江居焉。曾祖敬齋公、祖心台公、父懷璞公，俱贈榮禄大夫。贈大夫生四子，季爲公。方八歲，母魏太夫人患眼，醫者不效，公吮之，遂愈。成童時，贈大夫以非罪繫於官,公請代羈,官嘉其孝,皆釋之。贈大夫歿,哀毁盡禮,於是以孝聞。公善治章句,旁習三略,有攬轡驅馳之志。一日,與太夫人魏氏辭,遂行。以撫賊功得官,閩總制李大夫率泰疏其能於朝,移屯魯兖之嵫陽,田居二年,授興安游擊。久之,吴三桂反,黔、滇、兩川、荆湖皆相煽動。甲寅年,公從大將軍進討,爲前驅,至寧羌州。是夏,破羅僕關,而賊衆譚弘猶據朝天嶺,公繞其後,敗奪之,乘勝逐北,路擒伏賊,與壯士衣其衣,以宵門於廣元入焉,於是昭化、蒼溪望風皆附。時大軍深入,次於保寧,賊邀我歸路,糧且盡,公率先潰圍,跐槐樹驛,土地窩敗追者,遂全師入漢中。乙卯年,遷晉之平魯参將。會興安兵亂,殘其帥而脅公,公撫定乃行。用穆帥薦赴闕,延見至四。上聞其善刀,試之,公操技甚良。又所條奏皆稱上意,賜宴及甲胄、鞍馬、銀幣,遷總岳州兵。勞之曰:“卿甚武,抑今大將矣,惟折衝在用人。”公對曰:“人固難知,臣知求己耳。”上喜遣之。以丁巳夏至岳,自爲前軍,營于七里山,上命使圖諸攻岳形勢,視公營曰:“是誠爲國者。”其冬,聞母夫人喪,乞終制,不許,仍趣攻岳。岳之左則洞庭,賊置樁湖中,栅而守焉,又保于岸爲援,公遣輕師襲岸保,自與壯士駕舠,用巨斧犯其樁,數刻盡拔,岸上兵舉火讙呼,賊驚潰相殺,時戊午年三月望夜也。公既入湖,念尚處下流,終不得岳,率二十余艘,由駝河夾進,賊帥易公迎敵,公與死戰,盡沉其舟,賊帥僅以身免,遂進據湖中,軍於兩岸。賊舟不得潜通,無所得食,困焉,謀邀我,且冀達所糧,出犯蘆席口。公前突其舟,敗而火之,賊舟盡燬,自拔水砦。至此凡十八戰,斬其將劉大成、李世隆、張炳、趙有庫等,遂復岳州。余謂:吴固劇賊,而巴陵一州於秦漢時爲長沙要郡,北通江漢,諸水匯爲洞庭,環八百里,蔽遮寶、常、衡、永諸州,故賊輸其精鋭,百計死守,以抗王師。而謀臣節將,頓重兵,悉心力,凡四年矣,莫得其便。獨公乘時應會,牙發機捷,奪其所恃,遂使辰、沅、湘、潭之間土崩席捲,賊無天險之恃,我有破竹之勢。昆明奏功,長鯨授首,論者謂興復之庸,未有高於此者也。公既平岳,疏陳閩海事宜,天子即秩公太子少保,督水師於閩。公以己未年至軍,與巡撫吴公議,合其冬出師,誓以無焚殺,無淫掠。庚申春,由定海發襲海壇,破之,斬裨掠民羊者以狥,進及湄州,吴公亦遵陸至,公謂之曰:"敵氣奪,必敦隊泉之崇武,且取淡水。公兼程絶其汲道,吾背擊,蔑不濟者。"平旦遇敵,公麾舟進戰,時敵得南風,甚利,公令曰:少遼緩,風且西矣。果然,駛舟疾,飆踔薄敵,公立矢石,敵大敗,遂遁歸臺灣。蓋自耿逆失勢,鄭孽亦喪其所竊州郡,然猶出没金、厦諸島中,爲漳、泉大害。及是,乃就廓清焉。捷聞,復授以世襲,拜他喇布勒哈番,嘉乃績也。公又累疏請復濱海外界,仳離得業,至今思之。辛酉,移督閩陸師,賞罰嚴明,恩信並著,親故無敢犯者。山行海宿,謳歌於道途。天子復思令移節於滇,至治,部將有愬公者,公遂歸朝,一引服,無所辨,天子明聖,降旨原除,且追序其茂績。公形貌魁碩,智勇絶人,與士卒均甘苦,故每戰輒克。所至拊循,未嘗妄殺一人。識拔將校,多至大官。敦篤本行,立先廟,舉祀田,族戚内外,皆有均惠。性好施,庚申泉飢,公執奏外糴,轉輸於他郡以哺之,民無流亡。修郡東萬安橋,鉅費累千。於京師斥財立會館,以待計偕者。憶公嘗語余云:"在興安時,三逆猶臣也。忽夢天師下至,教吾討亂,爲語甚多。末大署曰右牒將軍萬某。"嗚呼!標勛太室,留名丹青,爲聖代鉅人,固非常哉!公長君際璋等,以公之族出、歷官、行誼介泉州,北走八千里至京師,徵名於兵部侍郎李光地。地曰:"公行應銘法,吾又辱知厚,敢不禮而銘諸?"銘曰:

高卑升降,間氣囷輪。雨水於雲,瀆水於坤。是生大夫,脩然等倫。乃作袒帥,乃作冠軍。乃握重符,績皆有聞。律以御下,廉以檢身。藩落完安,牛馬在群。甲子一終,反於窆窀。我最其石,以休雲昆。

代伯兄爲官坊介石陳公墓志銘

惟陳氏遠有代序,自淵泉公,有卜居先卜鄰之意,所以爲子孫詩書計,遂從吾邑崇信里徙之郡治。三傳至太河公,登科,官於學,方實敦行,遂有名。生四子,掌坊公其長也。公諱遷鶴,字聲士,號介石。幼有異慧,入泮,有能名於諸生間。庚申,舉於鄉。乙丑,會禮部闈。是年,天子親命文題,司衡者第公文居一,御定第三名。簡庶吉士,四遷至掌坊事、侍讀。力學清修,先後輩皆讓以爲巨人學者。戊辰,分校進士,至今所及第者多大官,赫然有聲。常一進字書,一試碑詩,天子亟嘉稱之。累年内直,賜御書二,尚方硯一,詩部一。公内外行潔白,家貧,授徒致甘旨以養贈公無遺者。待諸弟義以誠,存姊妹,撫孤窮,能别而有恩。憐夫人微時相莊,貴而榮膴不相逮,遂不再娶,二十餘年,亦傍無姬侍,是難也。加意窮瘁,蘇里役之困,除荒税之累,完陳生之家,直林令之獄,歿者歸之,冤者理之。諸生淹者抑者,白之拼之多矣,詳不可以一二舉。身受者能銘其恩,目見者能周其委。嗚呼!即貴不知貧賤之苦,安逸不省灾危之憂,旁觀不切乃身之痌,誰肯推心量己?有所不知,知之未嘗不爲之思;有所不爲,爲之未嘗不致其誠,公於是乎賢遠於人矣。公諸生時,即不以舉場之文自足,沉浸於訓典,含咀於古之作者。及官翰林,又肆力焉儒先性理諸書,漸次心融。吾以尚書禮部侍郎掌院教習課,得公《太極太虚論》,深喜爲吾老友,僦屋既鄰,晨夕必偕,共慨經學之難也。《詩》、《書》、《三禮》,其精微可以共見,其度數可以推尋,雖不可猶至少。惟《易》與《春秋》則多言天人之際,學者治之,易入於漂忽,故謂京、郭之術數,董、劉之灾異,而元、明之演河洛、推代運者,抑尤荒焉。謂王、韓之膚,啖、趙之淺,而疏析非關煆文周内者,抑尤甚焉。夫道在唐虞、皋陶,爲帝者師,其陳謨也,以秩叙命討,歸之於天,則《春秋》之旨也。以視聽明威,考之於民,則《易》之要也。康節先生亦曰:元亨利貞爲變,而吉凶悔吝應之。又曰:《春秋》,王道之權,非王通莫能言此。執此意以讀二書,惟公與我,往復莫逆,退而修詞,日改月異。今書成矣,其鈎連該貫,散見於帙次,學者觀其書,考其用心,當必有以自得之。嗚呼!縱我不往,子寧不嗣音,固以俟知者知耳。公風度凝然,竟日端坐,無頽墮之容,常曰攝以威儀,常曰威儀不類。訓子告人,諄諄抑戒,年幾八十,堅悍不衰,可謂有道。銘曰:

委魄蒿原,懸名天漢。大夫之墳七尺,其不朽者,固别有璀璨耶?

代伯兄爲海壇總戎尊一森公墓志銘

康熙某年月日，兵部奏故海壇總兵官林賢葬，賜恩禮，上顧輔臣曰："是克臺灣舟師，先敵立功林賢否？其以功狀來。"即詔加贈太子少保，葬賜恩禮，如有司所治。子夢賚在京師，即得命，遂請余曰："先人休烈著矣。雖然，必有志。念先人生厚於先生，殁願先生之張之，某將以爲幽堂禮。"嗚呼！吾鮮民也，不群立，不貳事，況敢文乎？抑門内之親，僚友之情輕重，禮不相厭於義，庶可少保。林其姓，賢其諱也，字克希，號尊一。贈公茂田生四子，少保爲季。魁偉沉塞。少未遇，游東海間，操盈縮之計，與海外諸國互市，誠信著明，其人重之。以東寇拒命，因辭去，而自歸於朝。逆藩阻兵，東寇勢復振，攻州掠郡，飄風跌踢，不可踪迹。巡撫吴大夫立水鎮，以少保領之，救泉圍，出上竿塘，擒章元勛等，覆其軍。從提督萬帥下兩島，功勞居多，遷總海壇兵。癸亥年六月，將軍施帥大舉舟師至澎湖。澎湖者，賊之門户，宿重兵焉。少保一舟揚帆先進，蓋海之戰艦，雖部署卒伍，然星分鼓楫，非如陸地首尾相及。賊見少保孤舟，大師未集，遂四面合圍，少保殊死戰，身被重創，縱火欲自焚以厲，將士崩騰突殺，歷三時，賊殆盡，諸舟繼至，遂克之。長驅至臺灣，賊平。嗚呼！吾聞駕海者言，茫洋無臬，微風少鼓，波浪泊天，真所謂方登一去之舟，遂作九泉之計者。歷觀前史，如路楊之下南越，馬援之平交趾，雖有伏波、樓船之名，不過緣海而進，登陸而陳。即舟戰之法，亦不過争風上下，投鈖往來，無鈎舟接楫，長短相及如陸戰也。故爲自古方行海表之勛，未能高於聖朝者，古今文武之士，立功異黨，未有能盛於斯役者。然元帥勗功，輿人容庸，又未有能先於少保者。不必箕山之上，漢水之淵，高岸深谷，勒其升沉，而銘書太常，生色丹青，以稱社稷之役，又愧乎哉無也。可傳也已，可傳也已。策勛加世職，有旨召見，延入正殿，嘉勞再三，賜醴宴、朝服、鞍馬。適上東巡，令爲陪乘，咫尺承問，款洽如家人。事畢歸鎮，以某年卒於官。少保治軍肅，所至皆有威惠。處内外，綴親疏，能别而有恩。銘曰：

九壥受職，孰荒不治。靈誅旁魄，草蔡一視。帀海窮天，思公之勩。年之不遐，名位未至。帝念厥功，追秩是賁。隱卒崇終，於數甚異。孝子思永，謂余宜志。鑽石列辭，式垂無旣。

代伯兄爲海壇鎮林夫人墓志銘

夫人姓章氏，同安高浦止樞公次女。年十五，歸海壇鎮帥、贈太子少保尊一林先生。入門而舅姑歿矣，知祭爲追養之義，歲時嘉菜，治諸北堂，奠於牖下，必内外盡之。與二長姒同室無間，皆美其歡心。少保起戎間，數以東師摧東寇，有功自裨，而專戰澎湖，推爲首庸。當是時，裹創桀刃，惟存横草之心，而家之鉅細無遺陋，緊夫人之賴。少保歿，夫人遂專家政，凡男女已生者、娣出者，教養、嫁娶如一，不覺有纖毫薄厚。治生産爲之異宫，皆有條次。撫親疏，御僮使，能别而順。適祖禰之廟，夫子未卒者竟之，胥原得吉，邀恩禮葬，以寵夫子。其營治勤劇，皆自夫人手。嗚呼！少保立功，奉節居藩，夫人能配其賢。其殁也，四壁蕭然，歸女教男，夫人能守其法。《詩》曰："何斯違斯，莫或遑處。"勸以義也，夫人有焉。長子達，季子夢松，嫺騎射，能治軍，吾巡撫都畿，達佐戎於霸州，吾薦之。夢松以世職召試，吾又薦之。仲子夢賚工詩文，有名能，夫裘善而後知冶焉，箕調而後見弓焉。少保殁於今二十七年矣，勤劬諸子，兩有武文，克世其家。《易》曰："地道無成，而代有終。"妻道也，夫人有焉。銘曰：

夫人在家，穆有令聞。爰嬪少保，壺彝惠純。錫封備服，以疇時勛。婉婉夫人，有籍宫門。克成其後，以嫁以婚。單厚卜爾，有子有孫。百年順福，祔于夫墳。

代伯兄爲外舅朗玉謝公墓志銘

表叔謝公，諱瑺，字幼甫，號朗玉。祖泰宇公官滁州守，生四子，其季少石公,公皇考也。爲南邑庠生,生二子,公爲長。生八歲而少石公卒,母夫人吴氏辛勤鞠育。稍長,依從兄給諫先生,警敏力學。爲諸生,有名聲於朋友間。公之次弟遺腹兒也,少石公卒而乃生。年甫壯,又歿,有二子。國朝初,公去諸生就陶計之術,凡所以爲奉親撫幼弟計。蓋於弟也而育之,而冠之,而婚之,於其歿也,而撫其二子而育之,而冠之,而婚之,悉家財如其子而均之。比二世無異心。嗚呼!吾聞諸賢者矣,父子一體也,兄弟一體也,故父子首足也,兄弟四體也,故昆弟之義無分。然而有分者,則辟子之私也。故有東宫,有西宫,有南宫,有北宫,雖異宫而同財,乃見今世之人能盡道於父子者少矣,况能盡道於兄弟乎?能盡道於兄弟者少矣,况能盡道於兄弟之子,同仁均養如父子乎?嗚呼!公於賢者所稱,可謂允蹈哉!其餘内行,如修治故坊,以存祖德;務爲厚道,以收族人。外行如還金於鷗湄黄方伯,不以生死欺負;葺先賢虚齋蔡先生之祠,錙銖必誠。至於樂人之善,急人之難,皆其卓卓可紀者。君子觀其大知其餘,詳其内略其外,原始要終,有質有文,可盡也已。銘曰:

> 校本行,徵聖言。孝與弟,萬言先。公能然,其不賢。生依膝下兮歿從母阡,千秋萬歲兮有鬼有神,嘉氣四至兮以利後人。

代伯兄爲仲母佘氏墓志銘

世母佘氏,某公之女。年二十,歸於世父。以世父從進士貢,爲府通判,得品安人。生一子,及見四世,有孫三人,曾孫八人。年八十八以壽終。將葬,世父柬地銘。嗚呼!賢母也,行不可以一二,舉其大者,莫如吾母所稱與其所自言,請誦而顯詩之。聞之母曰:“世母多孝,事君舅、君姑,曲折盡意。又甚畏義,汝父性嚴,將自遠歸,世母必重潔几筵,除庭户,云叔至,其呵若等。在難世,父與兄治軍於外,吾視無愛夫慈子之私,逢神祈免,如實己子。今日之恩,亦實父母也。”世母謂地曰:“吾君姑馭吾肅,每令治穀,吾與娣姒運輾,夜深月下,霜白盡,乃就息。若等在難,吾入保面,有關神樓,聞汝安危,卒急不暇以登,朝夕於下,望而百肅。汝世父入壘省汝,吾義其行,然吾懼也。”吾母有感言曰:“見尋常今婦於骨肉適其死喪,則牽挽夫子,拘以忌諱,不令至前。何况金革無辟,佐夫子以義,克乎世父難,世母是難已。”地奉以周旋,未嘗不敬斯言也。世母從夫教子,處内外莫不儀法,見疏賤,假與顏色,不爲貴驕。自少至老,婦工不倦。嗚呼!地非世父,則無以有今日。觀世俗之所尚,承親志之所樂,東西南北,禄仕以爲家榮,環顧黄髮,凄然就車。孰謂甫將八年,煢煢鮮民,一爲兄變,再喪世母。值税服之日,則爲位而哭泣;書券臺之文,則望丹旌而流涕。禮於旁尊,踊而不絶。吾世母實猶母也,吾雖知之,吾何文哉!疾革,四弟馳至,世母執手曰:“爾伯仲惟汝及側,吾當長歸,致意諸昆,吾孫弱也,憂樂相累,長如吾存。”復云:“後爾欲聞,吾欲言,卒不能矣。”則此一言終身也。嗚呼!夫何敢忘,天實臨之。銘曰:

惟母之爲,實壺之彝。維母之義,可以險夷。大年眉眉,孫子嶷嶷。有邱持持,將福來宜。山川瀰瀰,萬載於基。綴其終始,以示無期。

代伯兄爲季父季母墓志銘

康熙某年月日時,從父弟光謐等,奉叔父叔母合窆于五閬山麓原曰大坵,西距曾王父石室之兆,登邱宰然,一里而近。從子光地綴其内外,表著行而志之曰:叔諱曰熺,字性甫,號西岡,爲先王父贈公季子。始就傅,警敏,多解辨,王父異之。逾冠,入庠爲諸生,文名尤甚。其學長於史書,能以古今善敗興耗,英君才臣,共損置張施創守,得不得之故,千支百湊,推説條疏,山河綦上,若列指也。晚嗜漳海黄先生詩文,酒後抗聲誦之,口滿風集,盡其編不厭。前乙未歲,吾父及叔二家毁於賊,叔與叔母被縶焉,在囚中,得賊狀以柬仲父,計行,而賊奔家,皆脱出無恙。自後四十年,優游閭里,雖不以事自累,而常急公義。吾邑有孔子廟，經亂，圮剥且盡，叔因地請於邑侯，舉本聚資，身至邑，眎工晝夜。數月，門堂、寢食，黝堊圭明，至今人士多之。吾父建宗祠，庀歷世先邱，叔承之二十餘年，仰瞻梁桷，四望郊墟，使吾先君無遺志，族子無廢禮，廟有時思，墓有歲展。嗚呼，仁哉！娶陳氏，爲孟宇公次女，叔母也。入門，事公姑得婦道，處娣姒推甘讓夷，不敢自多。事夫子黽勉，有無以佐，敬友通賢名，性本委和。自賊歸，益豁達於順逆，待媵侍德度過人。方叔母與先妣淑人之入賊也，賊欲先婦叔母，以趣贖幣。叔母謂妣曰："吾幸尚一子在父所，而嫂與五男悉陷此也。吾丐嫂挾幼侄歸，而自留以待後贖。"妣曰："吾歸，四子存焉。"叔母曰："第歸，吾子撫焉。"於是妣歸，叔母保抱殷勤。二幼弟病，赤身卧石，幾殆，叔母入豕橧，竊草楷，選乾者以薦之，而自藉其腐者。仲父兵迫賊壘，賊憤，是日將推刃一家，叔母抱季弟悲啼，神化爲鳥，投母懷，嘿示無恐，長嘎而去。嗚呼！婦順不章，女德無極，寧卑詞遜身於柔媚同己之人，而必不假色笑於兄弟，寧推財博美於臧獲，而必較潘潤戔餘于親族。是故錐刀市色，誰肯以死生相讓？昔者魯義姑存侄而却齊師，今叔母大節卓越，上感天和，國史家乘將與義姑焜耀千秋，無不及而過之矣。夫妻配德，内外行完，孝子賢孫，歸復于土，可謂令終也已。銘曰：

叔才軼倫，母承以坤。令名千古，豈惟家尊。五閬之麓，大邱之原，中封考筮，曰無後艱。神眷有德，翳以佳宅。大邱之原，五閬之麓。上世兆域，皆在方幅。山川宫埒，聚於一簇。我思叔行，我懷母恩。宜寵其嗣，以及雲昆。佩服上衣，如熒如璊。嗚呼遠矣，著以斯文。

代伯兄爲五叔父墓志銘

叔諱曰升，字南甫，號巽庵，爲先王父贈大父第五子。生而神骨清舉，目有光。幼時讀書背誦文，聰穎異凡兒。稍長，知自課，兼通經傳，爲文卓越不常。

角技於郡城間，其譽藹鬱，鄉先生器之，諸老宿皆自以爲不及。年十七，受知於學使者宋君，爲南安諸生。科試於孔使君，爲第四人，得受廪。自後試多居前，而舉場中竟無遇者。歲丁卯，以例貢於鄉。讀書訓子，退隱山冶中，自得也。聞之吾母，曰："當家難時，叔聞賊中有幼侄遇害者，未欲使家人知，首牖外哭半晌，目盡瘇。"母見之曰："叔苦饑乎？"對曰"非饑。"數日知無恙，然後謝母言狀。其時賊縶叔季男女十二人，索金帛甚急，叔復於仲父曰："苟出至親於死山，田産勿問彼此，盡畀之，是所願也。"嗚呼！天未殄我家，使諸父一心無他，以濟斯難。在文入口爲合，蓋和集而合，雖危不害，何可忘也，何可忘也！性恭順，事兄無犯。年幾五十，有子爲父，有孫爲祖矣。諸兄或呵詢，甚至加撻，拘首屏營，略無悔怒，此皆其本卓卓大者。至於美風儀，善縱謔，飲酒舞歌，瀟灑不群，人士喜其别操，慕效之。吾於叔少長相優，知叔能詳。蓋叔才高辭美，通達古今，進欲得功於世，庶幾遂所求，爲及不遇知于上下，時爲詼調，以消訕侮，而寓意于列禦寇、莊周之所謂道者。假解南容夫子之問答，以玩説天人。迹其生平，春華秋實，偶有所托而然。而小子後生，不本其大，徒雅慕於此，殊失叔也。銘曰：

有文有質，而不見施。可富可貴，何不丁時。人皆與命偶，叔獨見其奇。子孫多才，以蓘以耔。陵谷襟帶，介爾後祺。

代伯兄爲從叔三篮墓志銘

蓋吾曾大夫舉三子，季爲某叔祖。叔祖生三子，季爲叔。叔諱某，號三篮，生十三年而叔祖卒，二兄皆不幸早世。稍長，能自成立，事母吴氏以無過聞，撫孤侄有恩意。性豪倔，以不若人爲耻。凡博弈、聲樂，皆嘗一涉其流。至於衣服、輿馬，步時趨紛，麗擬於貴人。又善飲酒，酷宗吾仲、季二父。嘗賓主窮日夜至醉，復酌大斗，羹羊豕之腴，欲盡之，友朋或勸以止，則曰："吾兄弟飲固是也。”竭而示之。嗚呼！俶儻而無涸祖澤，豪恣自適而無害於物，此固儌天之厚，蒙祖之庇，皆足以長子孫，而爲保家之主。已叔之歿也，所遺者衣食僅充耳。某氏母與妾撫諸孤，勤旨畜。戊辰葬叔祖母，今又葬叔與叔母焉。比四歲，舉三喪，而厝之不費於親，不丐於戚，豈不難哉！銘曰：

少而孤，長而自立於里閭。六尺之軀，而心雄萬夫。五十纔餘，而歸于幽墟。我銘其揄，簡簡其雛。

代伯兄爲族伯母蔡氏墓志銘

世母孺人蔡氏，御史中丞侗凡公之女。吾從祖父廉滇使大夫懷藍公之婦，伯父國子監丞二陟公之配。年十八，歸於國子。明女順事繼姑，有婦道，大夫稱之。當是時，孺人内外家皆尊顯，國子之伯氏又以年少登第，而孺人執内職有敬容，佐國子交友勸學，以故國子善文章，推重於儕流。大夫卒官所，自殁至葬，以及春秋祭于州序，孺人所以佑相國子者，竭情盡慎，復盡財以爲悦焉。國子起諸生，選於鄉，官於太學，其進退從時，無陰陽之患，蓋孺人實挽而歸之。吾仲父嘗曰：“孺人知《易》契龜，開兆若神，故告國子莫胥泉逝是然也。”國子既殁，有三子，孺人復以佐國子者誨之，皆賢而多才。前後受知於學使君，標望絶人。伯者、季者不幸早世於孺人未殁之前。八年，仲子寧洋司訓君又卒焉。嗚呼！婦人從人者也，在家從父，出嫁從夫，夫死從子，孺人於此亦人道之窮哉！諸孫繼立，有列於庠，有美於文。撫五世之曾而壽而康，人皆曰：嗇於前，豐於後，孺人之德，宜有衍也。孺人奉祭祀潔蠲，待族戚有恩意，性好施，值札瘥以櫝材畀死者，凡二百有奇。又善神農、子儀之術，能察劇易，審合治之劑。銘曰：

孺人内外兮青紫魚鱗，明章婦順兮克謹般申。上承下教兮甚理甚倫，徵名考行兮司馬修文。邱封四尺兮翳魄報魂，佳氣旁霸兮以毗嗣昆。

代伯兄爲叔兄心惟墓志銘

吾宗遠有代序，至六世祖始大，又六世至先考。歲進士，惟念府君追孝祖宗，崇正學，開諸子以六經及濂洛書爲儒宗，贈吏部尚書，娶妣贈一品夫人吴氏，生四子，弟於倫爲第三。弟諱光垤，字阜卿，號心惟。年二十三，爲邑諸生。戊午、己未間，以軍功，大將軍親王授以府通判。累叙於朝，得恩貢生，且有紀録。弟穎敏，少師於吾，倍五經文不過三遍。長爲文方實，事父兄順願，有膽氣。閩自逆藩平後，山海負鄙唱和，連亂不定。吾持服家居，比里伍丁壯爲王師聲援，屢命弟將弱卒，深入賊界，踔數百里，疏通關隔。南走朱寅，散其萬衆。東奪白鴿嶺，迎巡撫之師。北追德邑，南庭餘寇，此其挺身大者。而是時，四境皆執二心，吾肘腋羌戎，弟晝參行伍，夜警扞掫，以籥勺陰奸，凡所左右吾者，則又未可一二言也。難已復，修故業，鋭志舉場。從長老，敬祭祀，收檢先人遺物，無有失墜。奉慈親，色養盡禮，真賢子弟也。徒以二十年中，爲妻子離憂，頗事湛酒，冀以湯愁散志。嗚呼！遇禍以恩，而弭灾以危，故曰各敬爾儀，天命不？又言不敬其儀，則福不？又能敬其儀，則禍亦不？又也，敬儀非他，讀書訓子而已。故曰我日斯邁而月斯征，言讀書也。故曰教誨爾子，式穀似之，言訓子也。集木之恭，臨谷之惴，豈暇麴與蘖哉！而集木之恭，臨谷之惴，德勝陽多，豈復有傾與危哉！吾既遠宦，弟又不來，不得朝夕敦復斯義。日月蹉跎，九原難作，長負此心，是不哀乎？今葬既有日，吾聞古之葬者，役器用材實見間。鄭先生曰：明君子之於事，終不自逸。然則幽冥之中，所以寧神息宇、迓休禔福之道，殆亦必有事與？故最弟行附以相勗，抑無窮之心也。嗚呼哀哉！銘曰：

嗚呼吾弟，精敏能文。遇敵先事，則又能軍。官不齒士，年不周甸。

奔波棄去，斯命何屯。高原下濕，侄胥季云。考降無悔，宅爲佳墳。淑氣旁霸，煦魄咻魂。嗚呼已矣，望汝後昆。

代伯兄爲從兄萊庵墓志銘

歲二月，吾母疾且殆，洪氏嫂侍母，進之曰："吾病急矣，惟伯與侄多拯我危，吾念終不忘。吾苟生也，幸而報德，吾獲殁也且不忘。"既數月，伯以書來曰："兄卜葬有期，以幽文畀子。"地持而哭曰：嗚呼！棘人勞心，尚能薦道善美，操筆而爲文哉！抑伯與兄非尋常可比。況本吾母生死之心，今日之志，九原可作，將徵信於斯焉，又安忍以無言也？乃志之曰：兄諱光斗，字樞卿，號萊庵，爲仲父冢子，於吾祖贈公諸孫次最居長，服事獨勞。常爲余言，祖性嚴，昔山海多盜，每有指遣，不問安虞，使必達，且徵期以待，吾經營報當，瀕危至屢，若等今者逸矣。事仲父母，自傷無他兄弟，多致故人，召聲樂，窮日夜爲歡，恐父母之憐其單也。時爲嬰戲，以娱於前，欲父母之忘其老也。所謂孝子巧變者，兄可謂盡道。乙未、丙申，吾叔、季二家陷賊，賴仲父救免。憶母語余云：而兄在行間，操兵器，履非屨，脇下庖起，負痛不入私室者四十餘日，而善念之。吾祖父久殯，兄不累諸父，不均諸弟，用金數百，致吉土而厝之。先君垂殁，吾既趨朝，諸弟又侍疾，周身周棺，非兄幾不能誠信。嗚呼！逝者如斯，而莫能反始也。以父母之孝猶衰於妻子，而況自義率祖，等而上之，自仁率親，旁而殺之，故世俗之薄，遇死喪之威，則永歎不如良朋，值妣祖之役，則乾餱較其錙銖。使君讀《詩》，空慕常棣急難之風；讀《禮》，徒懷期功異室同財之義，以爲古道今不爾也。若兄之變而不顧其身、公而不私其財者，其於古道，吾何後先焉！此吾母生死之心，所以不忍有忘於此也。性剛斷有謀，舊所置治，在邑之下里，里遠於州縣，民多逋負，兄告以食毛衣租，奉法者樂誘其黠，而佐其不能者，於其所至，其輸如歸，官有司賴之。戊午歲，閩亂再作，兄與吾聚卒以保路，又親率團兵，破劇賊朱寅，道王師於漳郊，以解泉圍。居恒施給匱乏，不立標準。惟其所求多寡,無不遂心而去。嗚呼！兄亦可以不殁矣。上治祖禰,旁治親族,以委巷書生,而鄉國以爲輕重生修之殁,乃益有名。自親及疏,見有好義者,則必曰似某;見郁縮公事不即前者,則必曰惜某不在也。耆老之年,獲正其終,子孫賢而且多。親朋追思,無復怨望。有彼此言者,雖嬴博先歸,要之慎行其身,以遺父母令名。《禮》所稱爲以禮終者,即父母亦可以無憾也。銘曰:

生人之行,有原有裔。患去冠冕,飾其鞶帨。維兄本委,得意川祭。群美焯焯,由内至外。翳魄之邱,匪高匪鋭。彼宰伊突,如綴如繪。人事既得,陰陽又會。𤺥祥爾後,更千萬歲。

代伯兄爲從兄退庵墓志銘

弟諱光謐,字恬卿。殁後,六叔父本其志行,追號曰退庵。始吾父與季父避亂,同保山砦,故吾與弟少同塾,行立必旅。乙未歲,二家陷賊,吾與弟所屬皆獰卒,吾徽弟挩尤遭其酷難。後就師,警敏能勤。季父性嚴,四子、《易經》、朱傳數十萬言,年中必課以倍文,盡卷不錯,吾弗逮也。爲文清拔,嘗府試,葉守第爲二人,儕流推服之。顧季父豪縱,不甚喜,方領矩步,謂弟凝質有氣,可長才學文武,因試於武。美弓服矢房,買名馬横岡,作數軌之涂里許,延多技擊愿中之士,校講張施破千金,而弟藝果絶。再試再屈,人皆曰由命,弟亦不樂,遂棄去。雅志邱園,高高下下,有奇卉雜葩,聞而必求,得而必盡。其致剪截爲樛喬楷梢之勢,宛有造化。間亦稍課什一,凡所以爲甘旨教養者一子,憐之曰勵以經書。及見其子登科,出令鹿邑,有政事卓異,旅見於上,居群吏前,特擢解州守,弟得封如其官。嗚呼！吾少長於弟,其幼也戲而不過,其長也温而有就,其詼調醉呼似滑稽,其言高行逸似方之外。其將公事,搆宗祠,鳩工度材,甚孝。其紀自室,慎取予,皆有畛畫,甚潔。吾貴近清華四十餘年矣,其子又貴,而終始如一,不踏武於公闥,不失色於里閭。人之所趨,彼之所離,流俗波靡之中，忍可能也，久爲難；久可能也，卒爲難。弟之退也，斯其所以爲進也。去年，四弟報吾曰殁矣，支離數月，旁無姬侍扶持者，戟髯之從子所清滌，揮盞者上旅至腰下，齋及郗之老圃。六月重袍傾汗，立談者蒼顔之郊叟。生封大夫，年及七十，勸息不離婦人，禮固宜爾，獨不曰男子不絶於婦手，以齊終乎？然則雖守匹士之行，而終得齊終之宜矣。噫！弟之善退，亦及此乎？遺命，戒其子勿狀生行，曰虚則何欺實，即一二亦常耳，文不足道也。謙哉！此君子之言，吾今論著以禮於幽，後有令子孫歆仁其先美，得以信焉。銘曰：

力穡晚收，命衣綴藻。周旬及七，壽亦云考。佳氣旁魄，墓有宿草。少昊司秋，凉風戒道。歸于其宫，萬古是保。

代伯兄爲仲嫂莊宜人墓志銘

孺人莊氏，兵科給事中諱鰲獻公次女。年十七歸仲弟，生五男五女，佐事舅姑十九年。及見仲弟與次兒先後舉於鄉，計上春官，年五十四以壽終。孺人既名家女，又受教於賢父母，歸於吾家尚幼也，聞之汝娰曰：有賢行操作，不均勞劇。事舅姑，能伺早晚沍焕。平居所嗜，疾苦之所宜進，張施百用，出與入給，莫不謹謹。知微節，時飲食，薦白資財，使父母喜爲加餐，如取如携，若己有也。《禮》稱婦道，問衣敬疾以下，無私貨私畜以上，以爲盡親之情，終子之身，若孺人者，其於禮合矣。歲在丙午，吾將應舉選，修業蕭寺，仲弟婚且七日，負書從我三月而後歸，愛其志，知其内相之德也。後吾登仕，自始至今，家居朝著其間，治亂不一，豐約不侔，而儒人相助豆籩，處尊卑，宜夫子，率所言所事，皆中儀式。嗚呼！屈指辭家十八年耳，尊而年者不吾待，少而壯者又復中逝。三月之内，既哭孺人，旋哭叔弟，悲傷憔悴，無復加麻。兄公於弟妻則不能也，然此禮也，而哭親之情無間也，况其賢者乎？舅姑錫汝以孝，兄弟悼汝以順，族黨藏獲，憐汝以淑行。教男歸女，夫子成名，歸復於土，其不殁也。嗚呼！兹命也夫。銘曰：

婦笄係褵，教以四儀。出協尊卑，入議醫酏。事才强知，乃匪婦宜。孺人委蛇，當可而施。行一何彝，壽一何希。考致要歸，視其所貽。章邱之釐，考卜維祺。日月有時，送汝以之。山川如壝，佳氣符離。志以好辭，以永於垂。

代伯兄爲從嫂洪氏墓志銘

洪氏嫂既卒，未練之四月，爲康熙年月日，時祔于先夫萊庵府君之封。前事，其長子鍾寧，以嫂之族氏、内蹟、壽年爲書，北抵八千里，至上谷故郡，請爲嫂銘，刻之幽墟於從祖父巡撫。光地曰：洪氏族於泉之南邑，世有衣冠，於州爲著氏。母庠生某之女也，婉娩有立，偏愛於外祖父母。及歸于父，逮事曾王父，佐祖母養，謹謹致孝。自壯至老，朝夕上膳，問衣於祖父母，必得其欲。寒暑時至，則加意飪鼎，至於流涕。父以祖命，畜庶母，育幼弟，母同仁均養，準也成之。與寧異宫同財，田宅奴婢，未嘗有纖毫薄厚佑也。哀之如實己出，親族以爲難。乙丙家難，祖糾族戰賊，父在兵間，母以孔懷之恩，出入相勗，内外同心，卒用有濟。故從祖祖母吴淑人之病，執母手訣曰："惟我知汝，吾家非若翁與而夫子，吾無以終於衽席。汝於時無亂其誠，而多所助與，賢哉婦也！吾苟生報德，將長，若獲没也，亦使子孫無忘汝也。"不孝鍾寧與聞斯言，伏念母爲婦、爲妻，而得收獎於莊賢之大。母臨難如此，常可知也；大者如此，細可舉也。嗚呼！地以戊辰之歲趨闕，惜别出門。顧世父、世母大耋已躋，懸車承色之歡，願而不敢期。惟兄與嫂髪雖表白，而年在艾耆，堅悍未衰，異日東阡北陌，暮年相慰，庶可或幾。倏忽逮今，乃殯于堂，瘞于野，皆即遠矣。杜曲白楊，未嘗不三復其悲也。今葬既有日，思與嫂少同居，壯同門，灾危相憂，康樂共喜。歷五十餘年而無違於親，無過於室，無勃無稽，以禮于尊卑，相夫訓子，享有成趾，可銘也已。銘曰：

惟嫂之宗，卿相立林。嬔于先兄，静好御琴。執彼婦順，含美如陰。昔者急難，感激沾襟。谷風游泳，無此敏深。小戎知義，遜其徽音。母婦縮手，群女醉心。方以古媛，何媿于今。鵬陵之岡，鬱然邱岑。以子以孫，世有華簪。我銘不忘，琢辭是廞。

代伯兄爲從子世諧墓志銘

季兒鍾佐，字世諧，地第三子也。祖惟念公誠孝而文，當明之季，禪學張甚，奴視閩洛書，人士以故嗜酒廢學，醉後謾宋儒爲無顧忌，大語以便其私。公於其時，獨尊置十三經、《性理》、《五經大全》、先正蔡林《存疑》、《蒙引》諸書，教地與諸弟講切，不得爲雜學。地稟誨，因以訓付諸子。兒警敏，甫成童，誦五經，通制舉，闇記倍文，日開月益，凜然越群。年十三，從地宦京師，爲文以進今相國張公，公奇之，題曰："是吾畏友也。"能極思與解，西士爲朝司曆，傳其國賢所爲曆學及幾何數法，其書指陳根裔，象譯浩汗，萬支千湊，不可胚胎，兒冥觀曉了，批棘擢英，追逐象外。西法有運水車，能逆軋井下水，上出十餘丈，揮灑灌注，捷於轆轤。兒戲截小管，爲之置杯水間，吸入濆張，具如其巧。西江定九梅君善西學，嘗於吾丐兒，欲其一至京師，令可講説與盡，而兒殁矣。嗚呼！其可惜也夫。銘曰：

嗚呼，既生而淑，胡穎而披。豐殺減益，誰職誰尸。哭不摩棺，堋不繞墳。南陔負痛，生死虧恩。嗚呼命也，送以兹文。

代叔兄爲從子世哀墓志銘

次兒諱鍾偉，字世哀。質慧而嗜學，能背誦六經文，雜誦傳史，及時輩制義在篇者又千計。爲文修淑,日成數藝,樸訥不戲。服玩飲食,非長者賜,未嘗妄取,先妣淑人倍憐之。先妣歿,喪中佐禮,哀敬無失。得疾,日加朘削。以年月日卒,距所生年月日,春秋僅十九年耳。今以年月日時,葬于某鄉某山,坐某向某。嗚呼！修短在命,所悲痛者,兒生十九年,三遭母喪,一爲兄服,一爲祖母期,强半在哭泣之中。吾又多病,烹粉藥石,加以憂恐。兒體單薄,常亦苦疾,寒衣饑食,人數語,必曰家常,而兒以哭泣憂恐之餘,單薄多疾之軀,裘葛朝夕,傭豎下户,所得自適者,兒生在食禄之家,而曾不得斯須如人焉。吾疊見不祥,神明荒瞬,不能以煦哺子。不吊昊天,又無餘庥,以曲被子。《傳》曰:“不免水火,父母之罪。”昌黎公詩云:“致汝無辜由我罪,百年慚痛淚闌干。”誦憶斯言,未嘗不發慟也。銘曰:

人謂夭者,多漓其天。兒質端重,此其不然。長短是命,汝無以取。兆子於邱,北望二母。前世伯叔,多在方隅。長殤之禮,子祭孫止。吾憐汝孝,常祀無已。

代伯兄爲侄孫婦萬氏墓志銘

長孫清機婦萬氏,太子少保雲南提帥諱正色之孫,太學生諱際昌之女。少保立功江漢間,致官節,將爲上伐,而雅尚儒學,子孫多名能經書,率立身教家,皆有儀式。丁丑歲,吾視學畿内,行部至廣平家,以婚事之成來告,凡數姓,吾擇萬氏婦,而使布幣焉。適長孫年若干,其舅姑歿矣,事祖姑有婦行,其世母稱之曰順婦,内外家皆通顯。爲女爲婦,未嘗挾貴以倨,天資仁恕,左右媵侍,咸假與顏色。程子嘗譏世人慎於擇婿,而忽於擇婦,吾思維宗廟之尊,重内職之不易,謂萬舊門承訓,不失其緒,而果得女順浣焉。浹志期殖世滋命,而有遠休,乃纏疾不永,僅二年耳。嗚呼！其可惜也已。銘曰:

汝之幽閑和静，人莫及之。又暴以夭，其然何爲？修短减益，竟誰主尸。悠悠日月，憐汝無期。今當長藏，與一世違。最此好辭，以永幽墟。

代伯兄爲卜氏墓志銘

先少室卜氏，生於年月日，卒於年月日。年十四，母夫人命侍吾京師。始至，答尊卑安語，有序次，因嘉以特餕，從吾官於朝。出撫畿内，入秩政府，凡十五年，有無一致，恭謹益茂，竟得疾以歿。嗚呼！其可惜也。已無出，商所祀，《禮》曰：妾祔於妾祖姑，亡則中一以上乃高祖也。然則猶是四代祀已。禮之所宜，俾世享之。爲擇吉於本里，以年月日遷柩而窆焉。銘曰：

豐土深脉，面有臺階。左右鬱紆，皆入吾懷。汝歸安之，佳氣無厓。

外姑陳氏墓志銘

陳外姑，諱兑娘，父盛泉，母王氏。歸外舅文學謝公瑞，爲次室。生一女，妻于坡。外舅命之曰："汝無男，歸女。"故自庚戌至今若干年，歷治亂，山居郡處，與坡未嘗相離。佐女治家，不啻如己。奉坡父母盡敬，待坡兄弟及親疏盡禮。先君侍郎、先妣淑人喜謂坡曰："陳母賢，吾不患子矣。"諸兄謂坡曰："汝業薄，與吾均，赢一陳母耳。"其賀坡以有陳母者，親疏無退，一言如謀也。坡蚤年有男女之痛，母與保抱悲傷，遂得痞疾，以痼至歿。嗚呼！外祖母也，用情而至，思之感心，曷日其忘！臨歿，托坡以世祀。坡凄然，念母助治家鞠子之勤，追外舅歸女之命，缘坡妻愛母之情，因通之曰：《禮》妻兄弟之喪，兄在哭於妻室，使子爲主。兄弟如此，母可推矣。有歸哭之，無歸祀可也，不可以襍雜吾禰以妻室可也。時享及世，有使子之文焉。應之曰："諾矣。"今不可忘，神實臨之。銘曰：

嗚呼陳母，生於我養，死於我祀。安以即土，勿以爲慮。將使吾後，無廢斯舉。

族孫于侯墓志銘

君諱鶯遷，字于侯，號守默，文學默齋君之幼子。幼慧，長名能屬文，又通於當世之務。片言舉要，張弛中宜，一出以惠爽，故其心可賴，其言不疑。尊卑間有劇事，咸倚以成謀，無他也，有本行。侍父永日深宵，依遲几杖席，玆定而後私息。朝夕食善味，以甘之爲貧，故不竟舉選。凡所以爲任力供養者，兄弟四人相煦濡，其和氣在意解。吾每舉似親疏曰：母稱古母賤目，此令兄弟，恐冠帶之倫或愧焉。遠祖邱封在鄰邑者，土人以其狡悍，丐奪漁傷，君皆先身與衆共正之，蠲同支逃賦之苦，急凶歲周飢之役，有原有委，不知者以爲老生之常談耳。吾交君四世矣，自成童時，翰林先兄不以吾幼，常摩頂而撫之於默齋，有會文之朋。君又篤子弟之敬，情至如同體。延尊又與吾兒游，知君最深者。父祖子孫，世無遺行，其將有立，故不虛美，不葆大志，吾知而已。銘曰：

位有高下，惟其所值。善無大小，惟積無疏。君人則鄉，而善不蔽志。雖然，觀其所立，可以長世，高其上而坎其中，歸休乎爲賢昆之福利。

長女墓志銘

李氏女專，爲坡長女。年十八，歸太學生孫文琰。嫁甫二月而姑卒，四年而夫歿，立從夫兄之子于沖爲後，寡守十二年卒。女氣直有厚性。姑疾，匕箸進養方藥,皆親之。及殆,抱撫晝夜不離席。既卒,哀毁喪之如禮。夫歿之後,撫嗣子,意在爲善,以培其支。凡橋梁、道路,治其佩離利行者,施槓以給。貧之不能自殮,用西佛法作水陸會以福之。親戚内外,貧者寡者,與夫單丁下户窮者,時節來告,則厚恤之;不能來,負米餉之,歲以爲常。故其殁也,孤嫠有出涕曰:"吾其如何?"戊子年秋,坡恙,困四閲月,女露禱默祈,日夜長跪。又伏於床上下,扶持抑搔,未嘗少懈。蓋既愈,坡妻視其兩膝,黑瘃未除也。嗚呼!坡自壯歲之前,多兒女之悼。始得此女,倍憐之,出顧入復,雖男姓無以遠過。孰知能愛汝,而不能與命争;能長汝,而不能以年延。一食一飲,思汝之所嗜,而無汝也;寸絲尺帛,思汝之所愛,而又無汝也。遅我之門,無汝來我矣;入汝之室,無汝呼我矣。三十二年滅没,等於風泡。有知無知,無以寄吾未盡之情形。開魂交無影響,以與吾爲因依也。嗚呼!我之懷矣。自貽伊戚子于沖,擇吉于來蘇里半山中崙,將以年月日,奉婿與女合葬焉。婿吾有前銘,且女行又不忍略也。故别志辭,各勒壙石,以紓余哀。銘曰:

生之艱,養之又艱,念汝無期。送子一悲,而止於斯乎?

孫陽童潛侯墓志銘

長孫虬英,吾長兒之適也。生年月日,以年月日得疾而殤,十歲矣。孫姿相豐碩,有天性,母嚴呵叱之,必投懷泣呼,至霽色而後去。箠笞之人,或右之,不避母而趨人,以乞憐焉。辛卯夏,吾以伯兄七帙,命長兒北走八千里爲壽,孫將之里許歸來,伏床掩涕,竟日不食。傷哉!讀書倍文,迥異俗兒。作破句,綽有心聲。吾方買經課業,期以大就,不謂其竟殁也。與妻哭之,過時而哀。嗚呼!此程夫子所謂得氣之精一,而數之不長者歟?期年,爲之卜塋於五閭之麓,在曾王父先壠之右上。以年月日窆,遵禮字之潛侯,不名神也。銘曰:

物土甚臧,祖其煦汝。西窗極目,宰然在壤。嗚呼,望汝成實取材,而止於苗乎?

修曾伯祖子萃公墓志銘

曾伯祖諱九澤,字子萃。生嘉靖某年,卒隆慶某年。子伯,字克斂,亡其名,亦不詳生卒。辛亥、壬子間,先君侍郎自大演鄉收二骸於瓦棺,葬本里田尾。後經今三十年,今歲某月,光坡上墳,見田下反高墳庭,意四時沮洳,將濡於骸。改卜眠大祖墳左臂之麓,已填年月日及土方于新瓦棺蓋内矣。某月日啓封,壙内乾善,惟曾伯祖瓦棺柳根穿破,骨黄黑襍。伯祖瓦棺罅折,脛骨下黑五寸,爲是水漬。頭顱黄潤,生紫鬚,餘骨盡然。可驗地氣之美,謹暖以火,藉以絲綿置諸新棺,仍故穴窆焉。舊有陰溝,以通水行,謹省而庀之。嗚呼!遺魄未嘉,故啓坡心,而氣不虧疏,築作條理,見先君之仁孝,至誠至慎,而今而後,百世安此已。

皋軒文編卷八

行　狀

仲父漁仲府君行狀代從侄作

某罪釁深重，喪先子甫畢，而喪祖母未及期年，今祖父又歿矣。扱衽呼號，擗踊莫逮。淒風苦雨，百卉具腓。分不復視息於世三日，季叔祖命以水漿，且謂祖孝友之美，無愧神明。高文不朽，次於太上。家則爲子孫楷，史則方諸古人，亦僅也，必序而傳之。伏苫敬受，敢含哀次其所聞。祖諱日熼，字葆甫，號漁仲，爲曾王父贈學士念次公仲子。王父將舉，祖夢關神至而生。形貌修偉，敏記而辦於文。年十八，督學葛使君拔入庠，爲第六人。吾族世有衣冠派別，而後吾支數世無達者，王父愧之，延致名人，深切望諸子賢。祖感奮爲學，專經之外，《詩》、《書》、《三禮》、《春秋》三傳，以逮《莊》、《騷》、《荀》、《楊》、《史》、《漢》之書，無不采實獵英。別背舉場文，又數十萬言，名聲大振。庚午，試於鄉，既舉而失，郡士人宗之。凡有所會文，皆曰必得葆甫丹鉛，葆甫知文者。自後遇試，常最其列十餘年。至督學郭使君，乃受廩於學。吳青嶽、陳石丈二先生驚謂曰："吾爲爾及貢矣，而今初廩乎？"皇朝受命，相國陳百史、宮詹黃鷗湄日發書來問，欲其一至京師，祖以親老爲辭。甲午，有恩命，登鄉貢。乙未，叔、季二叔祖舉家男女爲賊所得，曾王父積憂以歿，祖奔喪，自省來歸。既曰："賊欲利吾財，我且盡山田産，夾以金帛，庶其可釋。"即自從一僕，敂賊壁，省縶累弟侄，並與其魁約。魁侄故建義侯林興洙，遮半道留曰："汝欲效入壘爭死乎？今賊不古，比汝歸，若何？"祖曰："吾辭先人來矣。可則生歸，購幣以贖；不可，將俱死也。"遂入見其魁，從容翔步。俄弟侄至，款語如平日，無所畏怯。魁宴之，遂與要言，誠求欷歔，魁爲感泣，且曰："人謂吾此來不歸，度公英傑人也，必歸吾。"魁曰："惟公英傑敢此，惟吾英傑敢成。"公義致禮甚恭。明日，辭歸至家，傷弟侄寒露飢餒，克減午食，作爲長歌。其末曰："朝至日中昃，循環有三餐。亦如吾昆友，三雙唱塤箎。驟無充壑計，聊與子同飢。"祖以兄弟六人，二當一食，叔季居中，故爲損中飧焉。自賊歸，悉書山田券、貸多金以遺賊，請歸數人爲信，約金盡人則盡歸。賊受産與金，終無歸意，祖大哭曰："即盡吾財，豈能屬厭？"於是有團卒之意。而季叔祖自賊中覘其欲大言張，值祖疥疾，陽致劑藥，潛書寸繭於中，隱言賊意無極，致死或冀生還，善求必無得理，且恃險弛備，可以計取。祖啓方，遂建旗成伍。魁聞曰："是欲爲敵也，夫何敢然？"使來詰問，祖告以四出求金，恐被俘劫，糾旅實備他盜，重賂來者，俾歸，報曰無他。祖亦每有添募，輒報名目於魁，魁喜不疑。蓋賊入國朝以來，方行侵暴數百里，跨州掠縣，人蒙其害，擁衆數萬，積粟如陵，依山立保。其山名帽頂，四絶爲蜀，扈上弇下，三面峭壁，惟翠微一道綴側，逕於顛巖，峻阻僅通。賊又散鐵蒺藜，且高爲臺，置大奅以防，祖懸千金厚格，募人鄉道。永人郭九聞之，以捕麂名，日於峭壁下，夷級之可拾、標木之可緣者，以告曰足矣。祖使與俱往，果信，遂宵選士二百餘人，使行發。半道大雨霔浸，列嶂澍流，溪澗皆溢，進退不可，兵士扶抱盡哭，或請收卒，俟霽重來。祖曰："吾今夜即退，明日賊必知之，嚴爲防守，何霽之能來？且遷恨而置戮於吾親，可如何？果退者血吾刃！"家僮二十八人，相勵猱援而上。及保已質明，會氛霧薄空，咫尺不辨。祖初使士各手截筒，約舉吹爲號，至是分行四門，並數而吹，聲動林谷。魁率其徒巷戰，大敗，争先走死自踐，所散蒺藜偃仆枕藉，死者數百人，遂克其保。祖駐數日，盡燔其居，積軍市而去。後與贈學士叔祖移師於龍通砦以迫賊，時新得賊，土人未附，居民半爲賊諜，祖遣精兵數百接行糧於家，僅留十九人自衛，或馳報賊曰："二帥皆在，而兵少弱，自貽吾禽，不可失也。"魁遂遣驍將莊進率五百人倍道而來。初，祖始至鄉，有李衷藩者，自立别保於道衝，而與祖善，祖潛約以有警，幸戒鼓相駴。是日或告曰："衷藩劇鼓何居？"祖默然，即傳居人入室閉門，且曰：窺户者斬。申關守陴，分十九人爲二隊，從前後門，命叔祖繞以出，而自與客局甚暇。賊至，一炮折其蛆旗，莊進挾籐盾崩奔而上，飛石斷其盾，約且傷肱，進團圞墜崖下，棄甲裸體，伏於草中。逐北數十里，擒殺殆半。故祖東季叔祖曰："兵士自謂此役以少勝衆，酣戰盡敵，比於帽頂，尤爲慊心。"賊遂衰，輒戰不利。至親在賊者，次第奪歸。祖奉州府文武之命，糾里卒萬餘人以逐賊於漳郊。賊窮蹙，遂降。是役也，四郊多壘，旁無强輔，内有骨肉之憂，外有三軍之懼。走集之傳，無時不警；巡臬鎮帥，羽書交馳。祖渙然揮答，日萬餘言，莫不動中機宜，華實並至，録爲異卷，以行於世。苟在篇者，咸可誦也。前相國黄東崖以書賀曰："台丈文然書生耳，豈知提師擊賊，戰勝攻取，居然牙鉞上選，恨前日相知有所未盡。"蓋祖少時，嘗以時務策干相國，相國未及用，故云。賊平，以廷試如京師，入肄，國子祭酒楊公器重之，第其所試文皆上等，授府通判而歸。吏部牒州，敦致者數四。顧自分疏老，不敢就官。居塾門教授，優游里閭四十年，學益修，文益進，聲號益大。嘗謂：自元、明以來，作者不及於古，然理不背經，言無枝葉，雖未能方駕其中，至者庶幾登堂嚌胾焉。末俗一變，以荒經爲自得，以俚辭爲班、馬。雕篆小蟲，多剽《考工》、《爾雅》之書，冀爲艱奥，有所成家，使天下蕩然，無復方圓之可尋。故其爲文極心繩削而不傷於氣，其方質廉悍，如金石之爲堅，而慘舒出入，團盪不窮，殆有鬼神。嗚呼！祖於斯文，蓋彌漫於嬴、劉之間，而得其肖者矣。祖氣仁語温，風度翛然，雖臨金革倉卒，言動不異於常，暴慢之人見祖者，莫不願説慕效。自少至疾未病，未嘗一日去書，故刑部尚書魏環溪贈詩曰："静窗有月窺書卷，野樹何枝挂戰袍。"實美其功成不伐，清修力學而神交焉。屬纊之日，齊終事，氣盡而逝，介然不亂，可謂成德。祖生於年月日，卒於年月日，春秋八十有八。某詞藝荒蕪，加以憂亂，百無條理，伏望仁人君子採其文行，以今準古，褒飾幽明，先祖不朽，某死且不朽。

季父西崗府君行狀代從兄作

嗚呼痛哉！不孝某等罪大不天，喪先妣，既練而未即窾，今父又歿矣！痛毒餘生毀瘠，無以自存。然念愛以録之，敬以盡之，先人之有善道功行，雖不能自名，敢忘稱道於是乎？哭相止也，而哀述其始終大者。父諱日熺，字性甫，號西崗，爲先大父贈公季子。少入塾，讀書倍文，功力兼人。十一歲時，大父自冶歸家，筍將而坐之懷，路上問以所業，父出入今古，卓有端緒。大父至家，撫謂諸伯曰："是子也，才誦古義，已能不逆。"自是愈勸學，從仲、叔二伯稟誨焉。壬午，受知於督學郭使君，郡人士奇其文，聲號益起。交游大附，學無所不通，尤深於《春秋》内外傳，班、馬、陳、范四漢，司馬、《綱鑑》諸書，與儕輩間立談坐講，纚纚乎，洋洋乎，前目後凡，提要擢英，盡其書，靡所不能其志，欲爲有用，以樹知於當世。其推表人物，以王景略、慕容元恭爲稱首，蓋自許管樂之意也。歷亂多故，未獲以文章成名於時。乙未歲，父與叔、伯二家陷賊，父亦被摯。時仲伯奔王父喪，自遠歸，親詣賊壘求贖，父與相見坐語。夜深出門，便旋見賊。昏鼓之後，自晨戒至發眴，皆童子守鼜而扞掫無壯者。父顧伯曰："是可襲而取也。"伯曰："止又賊之所依，絶山陒道，飛走不能迴旋。"父既知恃險不備，因默覘形勢，適仲伯有癢疥疾，自賊中佯寄方藥，托祝毒劀殺之劑，隱運奇攻取之語。伯用是募士開徑，團卒破壘，賊遂就平，家獲以家。嗚呼！身在賊中，成未可知，敗則俱碎，而從容不攝，先事獨運，此豈倉卒之智，乃其通古今、達事變之實也。脱難後，遂不事制舉，優游閭巷間，常語諸孤曰："昔在賊，蹸蹷我者，今難紓，侮辱我者，其人皆日接於目怨，不勝修今之爽神，吾惟習忘。"是以四十餘年，刓觚以圓，鄉人莫不歸其大度，而服其忘怨。家之宗祠，炧於兵火，叔、伯承先志修之，四時祭祀，朔望瞻拜，具如禮文。叔、伯既殁，父繼其後二十四年，祭於家，告於墓，必躬必親，皆先人至，後人歸，族人憚而效焉。嗚呼！廟以志貌，墓以思慕。自仳離之後，衣冠衰謝，遺容寓於荒郊，宿莽縈於丘隴，流連涣散，豈緊有極。吾祖用是，視而不含，吾叔伯勤劇，以終其身，吾父承父兄之緒，夙興夜寐，尊祖修族。古言春秋窀穸之事，所以從先人於禰廟者，父真不愧克肖子弟矣。家淡貧，五禮之行必從其豐，親疏過之，召會食必盡意，未嘗待餘。子弟有及利者，則歎曰書所業也，今若此，幾無行已。身雖不顯，及見從子貴，仕登九列，建節大藩，長孫登科。年幾九十，堅悍不衰，屬纊之辰，沐浴飲啖，笑語移日，翛然而逝。斯所稱精爽至於神明者，可爲成德。獨念不孝等，生無以爲養，死無以爲禮也。抱痛窮天，死不瞑目。父生於年月日，卒於年月日，春秋八十有五。伏惟仁人君子，綴其潛行，薦筆爲光，以榮重壤，不孝等感且不朽。

代仲父爲仲母佘氏行狀

嗚呼！爗今者不幸，又喪先室矣。百年大期，聚散恒理，吾亦老矣，禮不責吾以情處瘠之時也，哭而悲，悲復自已。但念七十年中，自壯至今，自險而夷，内行壹修，不忍終没，愛之斯録之，敬之斯盡其禮焉。聊述行概，將托立言君子而圖其不朽。先室姓佘氏，某公之女，年二十歸於爗。於時，先君營治勤劇，先妣課諸婦，操作甚肅，犓細皆親，先室奉將不怠。嘗與娣姒婦冬夜治土硙、脱粟硙耳。夜深，積霜如練，必盡之乃休。間有私蓄，舅姑或闕，知而取之，不敢私；不知則獻之，不敢隱，以爲歡。至於平居柔滑之奉，疾病抑搔之勤，既没，歲時之薦，皆曲極其孝。吾壯時見收於朋友，日有故逢至門，每客自前入，先室則自後質錢具食，以窮主客之樂。至今，值時節，諸婦賀皆在，猶舉上服以戲曰："今乃吾服，曩者賓來，嘗循環於質家也。"甲乙家難，吾入賊壘省弟侄。先室力決，吾是以果於入。其後，吾夜潛師搗賊巢，先室搏飯以粻諸軍，飯熱傷手，皮皆皴泡。當是時，日夜聞門争金革之聲，呼吸有身家危亡之恐。先室見則涕泣相勉，動無援裾，悲啼在原，急難兄弟也，孰無其心多，每妻帑牽掣，遂至於濡忍失道。吾於兄弟獲免於戾者，追思往事，未嘗不感念先室也。性和豈，凡遠近長幼内外問遺，至果蔬屑小，其人愧謝不敢出者，先室皆極口稱美，隆重其物，使之自忘菲薄，盡意而去。又善於施惠，吉凶之求，何有何無，因親疏等級之，皆無所顧惜。勤於女事，夏縷冬紡，日夜不息，八十時猶然。比歲目廢，尚授婢功，及成布，捫之以賜諸婦孫。嗚呼！吾與之年皆九十，相從内外七十年，既獲陰陽之厚，今又正終於此而猶不足，則誰爲可足者？但以家兒先没，悼其悲念成疾，坐起一榻，寬之不釋，慰之多涕。吾亦老矣，出入遲此，猶足以朝夕，今又棄我而先。七十年之中，吾久與之生也；朝夕之聚，吾時尚忘其没也。迹其始終，繫以一言，生事畢而鬼事始已，望反諸幽。悲夫，悲夫。

叔兄心惟行狀代從子作

嗚呼！不孝某等薦及凶屯，先府君以月日時終於正寢，攀號莫逮，懷痛窮天。又念生身已晚，不及詳先人之行誼。巨伯、仲伯遠宦於官，唯季父視諸孤，三日乃敢伏請其卓大者，含哀抱恤，以次而叙焉。府君諱光垤，字阜卿，號心惟。先王父贈公生巨伯兄弟四人，府君於第爲三。五歲陷賊，即能爲長幼市買米蔬，赤體行雪中，不言苦。脱難後，就外傅讀書，背文不過三遍，如所素誦。甫成童，即闇記四子傳注、《易》、《詩》、《書》、《小戴記》、《春秋胡傳》，凡百餘萬言，凛然殊異。操筆爲文，藴藉有氣。年二十二入庠，有名能於諸生間。甲乙兵亂既平，而東海未靖，山寇恃以陸梁。有朱寅者，假號名，擁衆萬餘，攻劫州縣。時巨伯以學士持服家居，練集鄉比，命府君隨永州鎮帥，祖叔究掩其後，躡北追奔三百餘里，賊雲屯鳥散，以數十人遁入海東，寇駕航陷海澄，遂乘勝圍泉，斷興、漳橋道，以遏援師。巨伯命府君與功伯率二百餘人，由永春間道兼行，路與賊遇，三門皆捷，奪白鴿嶺，迎巡撫吴大夫興祚之師於仙游。復爲先道，拔永邑，長驅而下，會祖叔亦以漳師至泉，圍遂解。巨伯以帥檄海，僞鎮尚踞險爲暴，在德化南庭者，因使府君行，賊一聞其往，望塵夜遁。府君追至漳郊，餘黨遂平。親王嘉之，授府通判，以疏於朝。總制、撫軍交雅重之，欲爲授官，俾得佐藩。府君以將赴舉場選，辭不就。前後累功，叙得恩貢，復有紀録。府君以諸生從軍，父兄之命，義不顧利害，嘗自言追南庭賊時，發响之頃，火行，炮不響，蛆旗方前有蝙蝠投中，刺刃而墜，衆皆謂不祥，一不以綴意。故巨伯功成之後，朋親投賀以詩，許徵若會伯有曰："愛弟先鋒鋭，儒衣戰血滋。"行人白先生有曰："最是一門齊樹德，父兄子弟報君恩。"其爲僚友先達所稱道如此。事先王父、王母曲盡色養，經紀公私，奔走辨護，最爲有勞。少授書於巨伯，自長至老，奉侍如嚴師。處兄弟中，愉愉翼翼，有服用分致之，無所彼此。先王父追孝祖宗，肅敬祀事，凡所得先世故紙逸典，一以付府君。王父殁，於今二十八年，而小大不遺，鉅細有考，手澤存焉。嗚呼！何其仁也。朔望入廟，四時常祀，必雞鳴而往，日晏乃退，雖疾不改。正月下旬，病幾於不持矣。王母忌日，猶子夜呼不孝，與俱立於几筵，以待旦事。平居簾室，據几手披口咏，竟日不怠。與衆言若無能者，或有舉及某詩某書，皆從容繼盡之，磬折參伍，如水注車馳，然後知其異敏也。嗚呼！府君文武有立，行誼卓然，其不至於達官，命也，亦何所恨。獨不孝等所煢煢在疚者，自己未以來，二十六年中，三喪先母，四喪兄姊，繼以嫂夭侄殤，母之殁也，執兄之手，勉以無悲；兄之殁也，撫侄之首，慰以祖存。及侄之傷，則殤不自解矣。三十而哭妻，四十而哭子，五十而哭孫，期功之服，不脱於身，慘怛之意，不絶於心。重以疾苦，支離負兹，人皆獲其臧，府君獨迎其凶。嗚呼！先祖匪人，胡寧忍予，此所以百曲長號而無以視息於人世也。府君生於年月日，卒於年月日，春秋五十有五。不孝等不惠於文，加之荒亂，無以揄揚百一，伏惟大人君子垂採而昭賁之，得托光華，不孝等感且不朽。

代仲父爲從兄萊庵行狀

嗚呼！日爆不幸，遘此凶閔。長兒以疾終於正寢，兒故有宿患，近歲尤衰憊。爲吾二白者，在常自力，以示無恙。及病而負兹，猶誡家人，勿吾告語危，而吾後覺，則竟殁矣。及老丁此，憐痛傷心，百不省循，抑念兒生平大節群行，顯有可紀而不忍也。爲之次其一二大者，托諸以長誄幼之禮，且以遺諸孤。兒名光斗，字樞卿，晚自號萊庵。蓋幸其老而親存，欲附於古之班衣戲者。幼慧，稍長，知自向學，通習經傳。二十一歲，入邑庠，有能名於朋友間。吾先君贈大夫經營於外，兒以諸孫長，每役勞事。時方多故，咫尺皆虞。兒承命，常數百里返往一再，得可而後已。乙未、丙申，吾叔、季二弟家爲賊得，吾固書生，情之所至，不自知其不可。遂興師戰賊，其出入先後之策，吾僅舉其大者。至於劙壘披險，晝熸宵攻，以數百家僮鬩其萬衆，風雨毁室而取子無傷。凡皆吾兒上體其父區區之誠，中篤諸父兄弟一本至誼，自忘其身，操兵而屨菲，食惡處野，辛苦歲月，以至難紓。賊平，吾以貢如京師，畀遺之家事。吾雙親猶殯，兒徬徨求吉，六七年中，專致其一，盡用其財。一日，得兆於吾里，有族子曰“吾業也”，遂書遺兒。族子固窮，兒素撫而衣食之，因得其力。自窆至今，爲楊、廖學者，咸云斯壤利庇庥將長。嗚呼！使吾之得盡道於吾親者，皆兒之相爲賜也。丁巳歲，補國學。時諸亂就平，山海尚多出没，攻州掠郡，佐司馬致里閭之卒，以爲扞蔽，皆兒合謀。至於走朱寅，通南道，以濟將軍之師，東解泉圍，兒則身在行間，厥有專庸。性好施而不立名，自親逮遠，男女及時不能自行者，死而無櫝梓者，葬而禮不備者，求則與之，闕則遂之，不可枚數。至多事，吾夫妻自傷其無它兄弟，倍加孝謹，爲甘旨，一至他里營治祖産，不移時即歸。念吾老無以得樂，爲酒食，多召故人子弟，陳聲樂，兒則或坐或立，或蹲或跌，皆不離膝下。至夜分乃去，旦又如之。於其母將寢，必就撫其面耳，肖嬰兒求母者，多致果餌瑣細諸物，宛爲赤子，以取其歡。更事既多，德性加長，身世事吾幾不能忍者，兒消容又曲寬，譬以故少，無怨惡，多全恩。好事諸父，如父封弟之没，兒以諸弟侍養，代爲周治棺槨而下枕衾，一物以上，窮日夜視之，必誠必信。處兄弟得友道甚，於婢僕有恩意。將瞑，屬其子曰：“吾棄二人，抱痛窮天，勿備禮殮以疏布。兒即孝，後有貴者，得章服爇，以禮諸幽，吾則歆之。”嗚呼傷哉！吾惟一子，以兄弟故委之於金革，以家室故使之奔走羸乏，不遂其榮名，以晨昏故使之陟歷崖谷，朝於冶而夕於里，以孫曾故使之齒杖於鄉，而猶不得休暇於室。少壯爲良子弟，既老爲賢父兄，勞勞乎不有其享，而竟歿矣！念此傷心，豈有去離。兒生於年月日，卒於年月日，以次日殯。嗚呼！子既死，父不忍稱其名，故舉號以訃於朋親，節以表惠，善不遺私，故録其順行，以傳於後。而冀影室之中，幽堂之下，仁人君子發其幽光，以嘉惠其子若孫，則老夫有厚幸焉。

代伯兄爲嫂林夫人行狀

嗚呼！地今者喪先室矣，服重者其隱深而七十，禮不以情致瘠之年也。哭而悲，悲而旋以自止，但念少長相莊，白首相失，愛之斯録之矣，敬之斯節其惠，將托立言之君子,而圖其長存焉。先室姓林氏,世有衣冠,歲貢進士華提公之第三女,先府得卜於祖而納吉焉。年二十二,歸於地家。故儒素無兼婢之畜,先妣嘗親井臼,先室入門,既廟見,即代操作,曰善朝夕食後,自尊卑衣服,和灰浣治,與有綻裂,紉箴補綴,蓋晨昏無休暇者若干年。約己自力,以體二人之歡;水凉薄酏,以佐地夜分之勤,先妣亟稱之。地既登第,得命服,猶與諸介婦日直庋閣,供上下餐無改。夏則授紵,冬則授縷,躬課以先之。凡自身及一家之服,取足於是。至病困時,尚呼紡輪籧曲,列於卧榻,以修宫事也。先叔弟窶而多疾,且數有妻子吉凶之費,先室撫之何有何無,資之以終其身,兄弟歸義焉。先妣之歿也,自初喪以至於葬禮,訪於諸弟費,與仲氏謀之,黽勉終事,不敢渝吾愛,族里稱仁焉。嗚呼!地昔以翰林請告歸,而值亂,將恐將懼,幸及亂平,馳驅王官,皆契闊之日多至。戊寅冬,以尚書兵部侍郎巡撫畿内。辛巳春,先室始來官舍,從吾陟天官,入政府,恭被恩命,封一品夫人。丁亥秋,命歸理家,俟吾抽簪紱,汝甘藜藿,相期以歐公唱和之倫有日也。嗚呼!今其歿矣。人豔極品,而身受之君恩,其已至矣。人稱古稀,而逾三焉,得氣亦云厚矣。備歷於先貧後貴之中,周桓於親戚久故之内。有朱紫之榮,而無飾金玉;有羔豚之禮,而安茹果蔬。問我諸姑,遂及伯姊,其不敢以貴倨而弛其勤且儉者,殆無間辭也。徒以兒子早世,酸辛於至骨,灑淚於尸居。感歲時,雖娣姒招之而不至;抱離憂,雖外喜及之而不紓。夫子制義,彼則安能乎?念此傷心,爲之永懷。嗚呼!婦人以不見爲德,今則生事畢而鬼事始矣。一言以紀其實,亦情之不自已者也。悲夫,悲夫!先室生於年月日,卒於年月日,春秋七十有三。殮以卒之次日,命嫡孫爲主後。

代仲兄爲嫂莊宜人行狀

鼎徵不幸,遘此閔凶,先室以月日時終於内寢。禮爲妻服,期而有練,有祥有禫,服重則哀重,悲傷之至,尚忍狀吾室也與哉!然伏念相與三十八年之中,敬事父母,鞠子立家,殷斯勤斯。死而誄其善行,以遺諸孤,以示於後。嗚呼!

不可以不志也，乃叙而述之。先室姓莊氏，先外父諱鰲獻，以名進士起家，官兵科給事中。抗直立朝，紹聲於後。先室爲其次女，年十七歸於鼎徵。事先父贈大夫、先母贈夫人，率奴婢，操作凌雜之事，皆躬代之。先父性勤戒旦，鷄鳴則起，旦而朝飧，先室必前時饔飪以待。嘗一日，晨寤未起，聞先父堂上咳，驚仆床下，披衣理於庋閣，供父膳後，始覺趺踠焉。冬夜，欲脂湆肉以進，慮饔熱，乃注盆水，以饔整置於中，手其旁，水温輒易之，越宿而凝，先父食而善之。蓋凡可以當父母心者，皆不計日夜寒暑而爲之也。先母晚患嗽疾，卧則氣急，坐則支離，不得就枕，先室以左右手更代承頰，拄之以膝，母睡足移時，如是者至愈乃已。鼎徵兄弟既異宫，先母每至鼎徵家，先室必偵其顔色所善，勞逸所欲，先而承之，多得其歡心。母殁後，母之家中表兄弟至，則加敬俶膳，將去則命諸子挽留，每誡之曰："先姑殁未幾，而疏情不繼如此，若更爾子代，後當如路人矣。不可。"其事吾伯嫂如事姑，每事必咨，不敢有專。事鼎徵盡禮，少爲諸生時，讀書夜分，先室必鑪炭器水爲飲，以供不懈。今老而相莊，未嘗失色。勗諸兒必義，當見其接俗子，問曰："何取於斯?"兒曰："冀利也，將資其力。"先室曰："是爲金人猶不願，汝曹交之也。"嘗見其聚語久，問曰："所言者書耶? 終不如諷誦得多，歲月易幾，玩愒可惜已。"性不喜燕游，惟吉凶巨禮，雖冒風雨必往，或以酒食請與偕者，不爲一至。治家精勤，節有無，計緩急。凡婚四男，嫁四女，布帛笄櫛，皆錐刀而積，累歲而待，以有資聚，無問於鼎徵。若夫祭祀式禮，事吾世父母、叔父母，生敬喪哀，待吾族戚，吊死問疾，有恩意。自持卑一，身殁之後，舊衣數事，無可以殮，皆其内行表著者也。嗚呼！今其殁矣。昔先父告終日，前命曰："婦孝，吾志之。"先母臨殁，撫曰："孝哉！婦報汝，代生賢昆。"父母之命，孰敢改評誄而易名，幽以寵於九原，明以庇覆其子若孫。死者如有知也，春秋窀穸，所以從君舅、君姑於土中者，亦可以自托於善終矣。先室生於年月日，卒於年月日，春秋五十有四。鼎徵哀悼，情蹙不文，伏望仁人君子録其節惠，光之鴻筆。某感且不朽，諸孤等亦感且不朽。

從嫂洪氏行狀代從侄作

嗚呼！不孝某等罪深釁積，禍延先慈，以月日時終於内寢。奉諱之日，號愴崩心，幾於不自生矣。三日脱髦，伏念先慈有内美至行，不孝少所聞於先祖父母及先府君者，長而左右所習見者，恐久遂幽晦，故敢含哀而述之。先慈姓洪氏，某公之女。沉静而寬，勤女事，粥然若無所能。至於承上撫下，篤於慈孝，處艱難中，知急親之義；待侄娣，有過人德，則雖圖書賢媛，無以遠尚也。先慈歸時，曾王父固在堂，能奉姑志，謹謹致孝，常見嘉美。祖母性嚴，百役之命，莊厲之色，於先慈之少而爲婦，壯而爲母，老而視孫，待之一以婦道。而先慈之執婦道也，少而爲婦，壯而爲母，老而視孫，不以先後異致。惟所役之祖父，臨食牲魚之羞惡其飫者，先慈每至四月，將徂暑時，對饌流涕，懼易腐敗，而祖父之損殄也如此者，終祖父之身。乙未家難，祖父將以兵夜擣賊壘，負糧者數百人，先慈立切大鬻，摶饋米，手膚甲盡泡，皮去血出。先府素在兵間，不顧戀以私恩，而常敦以念亂，故諸伯叔稱。乙、丙間骨肉無恙，家道復完，雖先世流澤，祖父誠孝，而内德腹心之助，亦有賴焉。先慈惟育不孝某，因爲先府求少母，得某氏，生弟某，未數日而少母死，先慈憐之，撫如己出。稍長，教讀書，長與娶婦生男，同仁均養，不見有纖毫薄厚。去歲，弟婦又没，先慈悲傷，代理其家。故今歲某直祭祀役，先慈以傳家之年，猶尸季女之湘。蓋九月，祖母忌日，尚强起爲賦胙也。屬纊之前，凡其所衣服、奴婢、田宅，召二子諸孫分界之，長庶如一，人以爲難。仁於僕使，先府常修三物報神，夜舒雁暴於鼠，侵晨，婢附耳告之，先慈衣不及帶，令亟市以償，終默不泄。其寬假皆此類也。嗚呼！祖父母年高六十，而猶有雞鳴之膳諸孤長幼；七十，而猶有顧復之勤勞。勩於晨昏鞠育之間，盤桓於諸姑伯姊之内。既長既年，而退讓在人後；有子有孫，而敬忌若少婦。勤一生以奉所養，而曾不得斯須逮兒孫之養焉。懷痛窮天，百身何贖。先慈生年月日，距今某年春秋七十。不孝荒亂，伏次薦筆，語無條理，伏望大人君子褒飾幽光，以賁重泉，不孝等死且不朽。

從侄世元行狀代從侄孫作

嗚呼！不孝等負嬰罪釁，父今其歿矣，孤者顧也，顧望無所瞻見，尚能狀吾父哉！雖然，漸即於遠道，揚本行知，先業之能淑，而後嗣之有穀，則在荒忽之中，實不敢忘此愛敬之大者，敢含哀伏塊而述之。父諱鍾寧，字世元。幼清重不戲，長而知學。年二十，入泮，受學於從祖父季丈數載。一日，示以《蒙引》理先氣後之疑，父對曰："隱密不敢知，但見尋常遇事，必曰理當如此，然後或行或止，則先後之迹也。"坐中稱善。受《左傳》文，至"魯爲諸姬臨於周廟"，父問曰："魯立文王廟，《詩》《書》更有徵乎？"季丈曰："不曾别考。"它日誦"皇皇后帝，皇祖后稷"，父即喜曰："魯所得祀，上自郊稷，下至周公、皇祖，無言文王廟者。"季丈矍然謝之。每授以《太極》、《西銘》、《太義》，雅有深得。顧以親故友朋，煦之時文，謂可得章服，爲父母榮，未暇卒業也。丙寅春，受知於學使趙公，選拔得貢。廷試至京師，時例有以教習最受邑宰職者，父念曾王父母、王父母及耋及耆，愛日之養，舍之來歸。王父營劇於外，命父侍曾王父母，質明而至，人静而休，甘旨之慈，不敢告勞。癸酉，王父無禄，父心絶志悲，又恐無聊之色重傷尊者，抑哀以致其歡，抱枕簟以趾曾王父之衽，不就内寢者三年。《禮》云："堂上不趨，示不遽也。"此孝子之至也，父之於禮殆合矣。前後四喪，病則致其憂，喪則居其瘠，葬則盡其慎而誠。若人之所以群居和壹之理，禮與情也，父於爲子爲孫，禮得而情至已，蓋君子之所收也。其愛仲叔父甚友，田宅奴婢，分之必均，合之如一，油油翼翼，終老無隙，内外以爲難。敬先祖，自歲時孝享，朔望入揖，晨興致肅，禮無後者。從伯叔長者趨就幼列，以白首有尊，自喜而忘其艾耆之年也，家尊皆悦而重之。去歲，相國從祖父居里，齒父輩老，燕游必偕，愛之逾等。方父之初當室也，門以内責其爲長，門以外狎其爲少，父敦行折節，族里中急紛難，拯憂貧，力不足，繼之以財，如王父志。沉毅有成，動中機會，人服其識而歸其信，以故家道就平。上至州牧邑侯，苟知父者皆交而樂之。癸未，相國擢授太宰，以曾王父孝友、平賊奏聞，蒙恩賜扁，父感先人，獲賁俶裝，北走八千里致謝爲恭。旋家，感念主恩，訓不孝等日課月程，無疾遽之色，而義方反覆，冀萬一科名，庶幾塵露之忱，上報山川。以故自身棄舉不事，學職不就，穿林過麓，求衣食於重霧宿氛之下，凡所以爲供給教養者。嗚呼！伏計六十年中，四十及前，送往事居；四十至今，兒孫顧念。歐公所云“百憂感其心，萬事勞其形”者。嚴霜夏墜，二弟繼歿，父之不及年者，命也。不吊昊天，泰山其頹，不孝等之，創鉅痛甚，曷其能極？父生於年月日，卒於年月日，春秋五十有九。蕪言失次，惟冀大人君子影室之光，幽堂之勒，將賜之不朽也。

孫門貞愍黄氏行狀代婿作

嗚呼痛哉！不孝某不幸生周月而喪先子，孤露餘生，撫於母且十八年，釁深罪重，洊及凶屯，吾母復捐不孝下世矣。蕩肺傷肝，踴絶於地，日居月諸，誰無父母，而我獨於罹也，苦由殘息。伏念栢舟見録於聖書，知仁獲美於四制，孝子貞婦，感動皇極，如吾母之節行，不負於神明，事有光於鄉國，非荒亂所能傳，亦豈忍卒卒遂没？受命祖母，敢哀次其大凡。母姓黄氏，刑部侍郎熙孕之孫，高州太守志美之女。家世象賢，上下尊顯，母胚胎内教，習於女順。年十四，歸先府君。府君有宿疾，比母歸數月，疾益劇，母奉侍經年，匕箸進養，日夕不懈。生不孝及帀月，府君竟歿，母摧裂攀號，欲自引决，其未忍即死者，凡爲不孝也。不孝少時，不能記憶，始微有知，則見母撫不孝，接内外，色然而善，若無所介者。平居簾寢，則灑淚闌干，歲時不樂，忌日必哀，十餘年率皆如一。嗚呼！孝子忠臣，悌弟貞婦，彼一死存綱常者，固無軒輊，然而或難或易，則以慷慨捐生，死即死耳。至於事居送往，亡者已遠，生者日長。枯菀異形，時接於目；夏日冬夜，時變於心。乃猶結情皦日，哀然丹赤，故列《黍離》於國風，爲志義之冠者，以其見稷之苗，見稷之穗，又見其實，時物變矣。而其悲傷感念，不少改而逾深，此其所以難也。若吾母之十四歲而歸，十五歲而寡，三十二歲而歿，爲夫婦有帀一載，撫孤遺者十八年，盡古今未集之百憂，母皆備嘗之，舉人世尋常之倫理，母曾不得斯須有之。未成童而稱嫠，十八年中，日月更久，形單影隻，金石表其幽貞，風雨閔其殷勤。雖竹帛所書，丹青所畫，伊昔貞媛，吾母無不及而又過之也。嗚呼痛哉！事祖母謹謹，致婦道，教不孝，常曰："人謂一子宜憐，吾謂惟一子，苟不類他，無所望倍，宜肅且正以憐之。"故過無大小，呵撻不貫。今夏，不孝取婦，母脱然育子之閔，歸成府君，悲喜交集。不孝亦幸，母年方壯，依遲成事，來日喜多。嗚呼！孰謂父生我而不撫吾成，母鞠我而不待吾養，睘睘喪人，環視生世，誰其似我彼蒼者，天何爲施此罪瘠以罰也！豈不痛哉！不孝擗踴呼號，言無倫脊，伏惟仁人君子，閔其貞誠，薦筆揚光，賁飾幽明，先親九原不朽，不孝感且不朽。

外兄謝亶文行狀代外侄作

嗚呼痛哉！不孝某辠深罰重，及於凶屯，先府君竟以月日時歿矣，心絶意懣，殷殷田田，窮天之痛，幾不能自存。祖母謂府君雖在委巷，卓有過人之行，念其幼也，命叔次其本委，使某起受之，有概有詳，將望立言君子而圖其不朽。府君諱廷楙，字亶文，爲先王父八郎公長子。生方十歲而孤，祖母煦府君及叔零丁，相保育於祖伯朗玉公。祖伯撫之，教誨飲食，婚娶均産，不異其子。親朋至今言者，猶高其義。府君少慧，讀書倍文，雅好及人。以家貧，不能卒業。稍長，與叔從祖伯貿賈於外，誠信不欺，而贏縮推移，又甚有長才。以祖伯愛之如子也，與叔謹謹致孝，亦如事父然。癸丑歲，以祖伯久淹於蘇，馳省晨昏。甫至，而甲乙亂作，吴閩阻絶，封疆將帥方嚴賊諜之法，奸徒乘勢，以祖伯閩人，遂誣之與賊通，告之於吴撫，禍且不測。府君進曰："大人年老，羸不任刑。收掠妄服，百口盡矣，宜因此自逸。苟法峻焉，兒身死之，猶止於一也。"祖伯感泣，遁於友家。府君遂慷慨赴獄，獄詞連，有越人往來於吴越間，交鞫窘辱百端。會耿精忠降，浙制使武定李公曰："其魁已赦，此猶足訊乎？"因燒獄詞，破械出府君，而百口無恙。嘗至湖山，表叔耜卿迹其始末，且問曰："彼時何思？"府君曰："亦無所思，只撴一死。"嗚呼！人有貴賤，節無窮達，故或身都榮顯而污丹青，或桑户夫婦而感動皇極，如府君者，真所謂此事今無、古亦難者也。府君孝友温良，念祖母執志貞，持身苦，左右就養，不敢違其心，朝夕膝下，油油然，翼翼然。其於叔父，愛且盡心，有無同之，其分也如合，其老也如少。與親朋交恃一心，毫無欺負，故自親疏遠近，長幼内外，凡有所急於事，有所價於市者，無大小，必倚府君，府君必冒衝寒暑，悉心力得當以報，是以皆信府君如左右手，親府君如同室。府君故有血疾，因經營勤劇，或瘳或作。至去歲，病乃甚，入今年，自知死日，惟以祖母在上，子道未終，爲地方恨，溘然而歿。嗚呼痛哉！

皋軒文編卷九

祭　文

代伯兄恭爲御祭告妣文

兒光地,昔官翰林學士。母有應得恤典,二十餘年,幸無隕越,升秩政府,得假回家。恭蒙特恩,遣布政司堂上官讀文致祭,用兒今官,錫母舊禮,牲牢酒饌,加以侑幣。榮於宗祖,耀於山川。實由吾母秉德柔嘉,貽訓敦篤,所以天心迴照,久而彌光。敬藉九重之新恩,聊慰三春之罔極。敢奉神主,以歆以享。謹告。

代伯兄祭京江張相國何太夫人文

嗚呼!維邦維家,將明將暾。和氣旁暢,始自壼門。三辰秉陽,契制於坤。清淑流粹,百福雲屯。肅哉夫人,有穆令聞。四教既成,以疇德婚。環佩有修,酒食是論。甘旨抑搔,必謹朝昏。授室自阼,嘉菜在笲。相夫教子,美問繽紛。恭惟太翁,學識崐崙。高第亟登,以冠人群。新篇競傳,雷擘海翻。揚歷中外,鴻翔高旻。是生相居,以佐德元。矩步夔皋,楷德澡原。本仁抱義,兩有武文。自初侍從,豈弟恂恂。及掌清禁,有師之尊。小心慎静,無失寸分。帝省竭心,恩顧日申。六典甫陟,遂長干臣。弘化經體,治平既臻。蠢爾小邦,有醜其惽。來矢邊塞,彍弦颺帑。萬里行師,六飛親巡。怛威愧德,失據渾奔。星文寥廓,山河無垠。維皇神武,維相首勛。三從絶漠,奮不顧身。忠孝天性,匪獨經綸。相彼豐川,猶羨其源。子有令德,自本所親。而况長君,大庭高騫。命雖云短,其名已蕃。餘子皆賢,學行相宣。登朝施績,卓然大觀。元孫早第,瑞世瑶琨。

階前長幼，盡是蘭蓀。五福具享，誰不歡欣。念昔相君，迎養於官。夫人往來，文駟雕軒。昨歲乞省，天語依温。御書釋藏，以祈加飧。今者殁矣，閔有新恩。芳茶好酒，奠自九閽。咨嗟哀榮，古所僅云。地於相君，承德惟殷。知我厚我，情如不諼。僚友親喪，制服在倫。首絰錫衰，朝夕與陳。王事有厭，走位後人。悠悠我思，實涕心熏。列士感知，矧余愚惇。牲牢普淖，以嘉明魂。神乎來哉，悽愴焄君。

代伯兄祭忠勇王黄公文

四海受職，天子當陽。叛臣阻命，相效寇攘。惟此閩醜，亦逞怒螳。海外小邦，鼓枻揚檣。凶聲大播，孰有我疆。玉質松幹，時則惟王。乃受于考，乃心于皇。萬里密疏，朝陽孤凰。缮甲修师，虎视龙骧。贼餌不遂，有如背芒。千萬为群，環于城隍。王誓三軍，利我銶斨。王誓諸衆，分門致防。王誓家人，以死相覆。碻礐投奔，雉堵低昂。王冒矢石，爇火下揚。爇堞歊熺，賊徒大創。間出精鋭，東西突行。生獰掣趹，救死狂勷。復聞援師，迅疾鶻颺。酋膽郁縮，反旆舟梁。如何不祥，叛將鴟張。開門揖盗，騰踔犬羊。巷戰不利，將星墜鎗。夫人守義，投命繯肮。期功男女，割裂死殤。袒免麻緦，亦載其殃。死事之烈，孰與比量。武飈拚除，氣肅金商。乾清坤夷，首事忠良。宗伯致壇，祀事輝煌。金書玉册，衮冕龍章。褒功崇行，以表以坊。分司卿貳，逮于一堂。生榮死哀，其存固長。嗣子承祧，春秋烝嘗。歲月既吉，窀穸又臧。嗚呼！備王者之禮素，錦褚而加帷荒。黼火三列，翣圭琳琅。嘉魄名山之兆，名垂天漢之光。地昔者蓋與王爲存亡，終始之義，寄哀一觴。肩臑胉胳，辭以爲將。神乎來哉，上下洋洋。

代伯兄祭天津鎮藍公太翁文

太武之山，嶒峻發奇。扶輿飛翀，有美其義。是生太翁，才長力伭。收功厥後，以有令兒。惟是長君，扛鼎之姿。甫及壯歲，或專或裨。遇敵身先，推剛入采。攻牢保危，厥勛惟丕。戰勇爲孝，致果爲宜。移以作忠，則翁之貽。以直去位，不顧弁堪。我知長君，謂必有施。我歸自京，爰度爰咨。剷壘破强，如指諸斯。天險可渡，願假鞭笞。元帥施公，辟佐戎師。大舉犁寇，百萬虎貔。蒼茫巨海，波濤交馳。怒水中裂，驚電蔽曦。長君陷陣，飛炮蒺藜。性命斯史，奪呼瘖痍。賊遂大挫，失據離披。奪其要險，天王旗麾。岳侯神算，可謂不差。前禽既執，天區地彌。元帥歸治，留君經釐。軋敵蘇民，靖我邊陲。節義既致，身體不虧。君親之道，子孝父慈。我見元帥，最功高卑。實謂君功，邁於等夷。天聽既聰，下照不遺。行賞司勛，銀勒金羈。旌節有韜，豹尾神旗。念忠教孝，將錫翁禧。胡不少留，際此大期。嗚呼哀哉，有子成名，未享其禔。物報其類，穫觀其耔。追秩崇隆，食報非遲。吾聞之知生者吊，知死者悲。寧有生交，而不慰悲。齊肅奉奠，肩牖醴粢。辭以爲侑，神其有知。

代伯兄祭龔運使文

維公之先，以儒代興。衆俊避席，名科軒騰。遂爲右族，載世有稱。及公之身，耿介多能。初入序宫，則見風稜。佐郡瑞陽，其績乃升。飛桅鼓枻，天廩梱登。報成於州，牧伯交譝。感激從軍，賈勇冰堋。最功遷次，遂守廬陵。餽給三軍，士飽馬餧。賊返婦女，猶紲於絙。公爲多方，破縶盡迯。河内再起，詢若黎烝。通波而艚，前謡以徵。御馬歸閑，安堵不堋。躋秩淮使，淡食其鐙。軋弊蘇商，謗者所憎。脱身縶韝，恣意耕塍。屢辟不起，加意後承。先壠高卑，堂防嶒崚。優游餘齒，五福何訒。令子服官，翰飛溟鵬。政聲上揚，可益十朋。膝下三世，鋭氣如蒸。維曾維祖，維考之弘。于爾子孫，以繼以繩。地莅兹邦，持節中丞。卿情僚誼，意何可勝。牢禮修奠，侑辭于繒。庶幾有神，右此殽胥。

祭姻翁州牧富弢上文

嗚呼！往在宗伯，肅肅温温。得瞻山斗，稔爲于門。君克紹世，名徹九閽。念昔風雨，及我弟昆。操筆伸紙，文章講論。聲宏實大，噩噩渾渾。上窺兩漢，下擬晉唐。旋各分手,山川阻長。余居僻壤,君處仙鄉。歲月會面,未罄衷腸。中年登籍,墨綬銅章。大姚舊蹟,遺愛甘棠。數歲經紀,綱舉目張。政治修理,放懷詩章。寄我佳句,盈耳洋洋。誅求蟲鳥,杜老頡頏。最績優擢,爰得遼陽。新豐父老,感激循良。長官敬愛,道方大行。南北異宜,水土備嘗。七十曰老,不任雪霜。解組歸里,廣受相望。余在家居,趨詢至止。君已抱恙,不能强起。後且漸痊,方錫繁祉。余聞君健,躍然而喜。孰謂今朝,棄予遐逝。兒女締姻,交情夙契。捧覽訃章,潸焉出涕。迹君生平,載歌有斐。政在民心,令德壽豈。敦讓且和,家庭韡韡。惟余知君,言之亹亹。積厚流光,以榮以顯。令子孫曾,具國之選。清酤在樽,牲牷不腆。設祭君靈,余子是遣。嗚呼!道里非遥,羈縶莫舍。哭不躬臨,莫不親斝。望君傷情,有隕如瀉。

祭姻姆孫門黄氏文

嗚呼!吾於母家,是親甥舅。甥惠而夭,母嫠未笄。介介其守,保抱提孩。歲及鶉火,避盗來山。我有弱女,通幣作婚。我實憐母,童年失天。我實憐兒,孤子堪悕。感心爲義,非有其他。自是以來,一十八年。觀母志行,聞諸親鄰。孚尹旁達,内外潔清。幽光潛行,輝映山川。嗚呼!春雨綿密,秋霜刻慄。朝煙冪林,夕照寒壁。四時氣候,昏曉景色。我於此時,設想幽貞。酸腸惻志,爲之蕩魂。而况身當,何以爲情。母之强忍,實自天成。我是男子,讀古人書。每遇忠孝,肅然加敬。親逢吾母,得不嗟咨。嗚呼!孝子忠臣,貞女志士。就義之日,人悲且賀。悲者哀良,賀者完節。人生百年,時事難期。小人曰死,君子曰終。思母之苦,我能不悲。思母之殁,我涕交頤。思母全終,我又何嘻。要歸必死,修短無傷。令子吾婿,特達圭璋。敢不僶俛,與同險夷。望其立身,揚母有耀。念子永歸,無復來期。哭祭殯前,告心以辭。

祭祖祠東龕藏主告文

維年月日,世侄孫光坡敢昭告於諸伯叔兄弟侄藏主之靈曰:古禮無後者,祭於宗子之家,即祖廟也。又有祭厲之禮,鄭先生定以七月。禮家説曰:鬼無所歸,或爲人厲,祀之者因氣類相屬,不忍令其畏飢也。坡役於宗廟,聞族姓不幸無後,先主有委於壑者。上體祖宗無窮之愛,竊酌二禮之文。請命長老,皆曰可行。今已有主藏,故設席焚楮。自甲申始,歲歲無改。嗚呼!神不歆非類,此祖宗之分澤也。拜奠者,皆一氣之屬也,敢告上世。尊卑無後者,皆來格來饗,永此血食。謹告。

祭大深樸庵府君施田四寺中元告文

維年月日,湖山某官某敢昭告於故沙尤陣亡將士,暨諸交鋒魁從。生有邪正,死歸太虚,一視同仁,舍席而享之。併代來有兵死者,旅歿者,絶世無主後者,一切男女幽魂,並請祔食,曰:伏以天有震曜肅殺之威,是蒐陰慝聖;垂昭梗禬禳之事,以釋冥愆。洎自祭法秩修,先師有七月祀厲之解;所以釋典超度,浮圖爲中元施食之文。沿習已長,幽冥亦格。昔者沙尤倡亂,朝家興克詰之師。爰是侯伯專征,吾祖著方行之績。威克厥愛,雖體天吏之烈火,而仁不違心,姑修地藏之慈雲。數百施田,物有盡而意無已;更葉傳世,昨則是而今已非。幸手澤之未湮,賴同善之共濟。存其所有,出其所亡。四寺依然,不至委先志於草莽;六道或信,冀可永幽魂於河山。祭定其時,物定其品。其或彼敵,而靡濺血于連阡;其或我士,也驕喪元于冒辟。正而斃者,神固嗜食;邪而死者,鬼亦畏饑。歷年遥哉,靡室靡家。何可冀之,血食舊祀復矣;沉魂滯魄,庶屬厭於一餐。又念來者不止,逝者如斯。自沙尤而推苟孤露無依者,鮮可以飽廣氣臭之禮,凡淒愴不散者式食,庶幾或故或新,無方無算。歆祖精意,福我同人。謹告。

辛丑七月本鄉泰山巖祈雨文

伏聞人窮呼天,感應一氣,此鄉蒙上神庇庥,凡遇水旱眚祲,無求不得。所以有禍灾興而不恇懼者,實恃山川靈爽,呼吸可通。今夏六月正,致養之方,乃經月無雨,何草不黄,而炎威愈厲,靡神不舉,而杯珓皆欺。凡所恃者,至此皆失。公則萬衆之顛沛,近則一身之憂危。仰惟大師,鎮山尊像,故老相傳,有雲窩水窖之稱。萬不獲已,敬奉至山門;結壇誠祈,必滂沱如響。今不獲已矣,合衆恭請,萬望大師,存神索志,與民同患。憶暴身救旱之勤,施翻手爲雲之澤。人得其性命,神亦永有降依。懇告。

祭魁星像告文

伏以權衡居中,斡運周天。辰宿星斗,是爲主静立極之宗;招摇在上,正司四方龍虎龜蛇。斯乃我戰則克之義,惟陬狀之二節,值明神之誕生。杓直璧圭,覩文章之動天府;柄建角亢,乘蛟龍以御帝車。某等蚤結傾心,同在甄陶之内;欣逢令節,敢薦水草之菹。

皋軒文編卷十

詩

臣光坡屢蒙天語注問，康熙五十四年八月，伯兄宰臣光地假歸，陛辭，恭蒙皇上特恩，賜聯曰："道通月窟天根裏，人在清泉白石間。"感泣之私，不能自已，恭紀八韵，以彰盛典

皇仁覆育九州英，愚賤何修動聖明。扃户永思先寡過，投閒將步入汶衡。曩年衹耐青燈苦，末路敢邀雨露宏。仰企楓宸違咫尺，頻煩螭陛注虚名。九天寬大容干奏，御墨褒嘉冒寵榮。半字未經塵乙覽，六龍飛白擲雙行。校書謬探天根奥，隱几兼忘白石情。喜有鴻章長對越，昭回雲漢獻丹誠。

御試翰林，賦得"爲有源頭活水來"，敬占二律

活水由來何處尋，唐虞精一是真心。致知迥徹無纖介，主敬工夫絶物侵。回首痛加澄治力，自然漸見一泓深。直教壬癸神供萬，好引象山證此吟。

欲識朱詩向處尋，萬賢千聖此傳心。静参天理流行體，只被人爲蔽錮侵。孔歎如斯原不舍，孟言自得即資深。實知左右逢其樂，好指源頭司此吟。

承京江張相國惠贈餞詩，敬步原韵，賦和二首

上宰聖賢資，三才仰論坐。鉅德本小心，決機皆的破。特達結主知，中孚感其和。群生性命理，一力乃負荷。念昔艱難初，趨朝當軸軻。三從絶漠征，萬里同鼓卧。持身踐恭儉，豈願禮三個。孜孜下白屋，足以振頑懦。尺寸感斟

酌,禮逾情亦過。仰祝斗山高,忘身在泥涴。

小生何足齒,辱見又賜坐。藹然春風中,没矇類癰破。秋旻天河高,朗氣復難和。烈士猶感知,微質愧徒荷。顧非求伸蠖,寧敢辭轗軻。所願見太尉,未甘邱壑卧。有分厠三千,無能酬一個。墨硯粲幽光,珠玉被衰懦。殷勤鏤深惠,伏誦幾萬過。黽勉盡餘生,報知非俗涴。

家塾既集,用昌黎《符讀書城南》原韵,以相期進

今日家塾立,諸子念權輿。先人勤何爲,望世有詩書。謀道及謀食,均要在心虚。虚心且立志,北溪陳先生曰:人性皆善,而鮮有能從事於知行與敬者。一則病於安常習故,而不能奮然立志以求自拔也;二則病於偏執私主,而不能豁然虚心以求實見也。聖賢同此初。低首腐爛義,所滋皆蕭蕳。蕳,蒿别名。試思宇宙内,頂立何不如。聰明在生質,理道在繭魚。從頭讀到尾,究竟莫密疏。朱子曰:學者只在是白紙無字處,莫看有一個字,使與他看一個。如此讀書三年,無長進處,則如趙州和尚道"截取老僧頭去"。又曰:讀書不可有欲了底心,纔有此心,便心只在背後白紙處,了無益。看來又認去,意味得疏渠。朱子曰:今看文字未熟,所以鶻突,須是只管看來看去,認來認去。今日看了,明日又看;早上看了,晚間又看;飯前看了,飯後又看。久之,自見得開,一個字都有一個大縫隙。自然涉筆好,糞壤讓孤豬。疾急不可恃,金烏與玉蜍。冬寧墐向户,夏豈恤蚊蛆。但有無事頃,趂程莫懷居。朱子曰:今人做工夫不肯便下手,皆是要等待。如今日早間有事,午間無事,則午間便可下手;午間有事,晚間便可下手,却須要待明日。今月若尚有數日,必直待後月;今年尚有數月,不做工夫,必曰今年歲月無幾,直須來年。如此,何緣長進?争此陰陽候,安不超諂歟。跂立與跨行,不如分寸儲。日計雖不足,歲計自有餘。既勤又不可欲速。朱子曰:某不敢自昧,實以銖累寸積而得之。一張時一弛,亦莫禁切且。不見南陽公,長嘯於揮鋤。不見關中賢,閑居喜聞驢。此誠得道趣,餘外勿菑畬。勤亦有游息時,但勿妄冀他雜以自放逸耳。達觀屈伸際,造物有乘除。何人揣摩成,而不曳朝裾。誰附青雲士,而不盛聲譽。沉船破釜濟,棄死霸趙墟。朱子曰:如項羽救趙,既渡,沉船破釜,持三日糧,示士必死,無還心,故能

破秦。若瞻前顧後便做不成。莫言時與命，通塞自卷舒。欲致明水火，先齊燧共諸。祖德方煦茂，善刀待躊躇。天命不欺，祖德可濟，始於憂勤而終於逸樂，勿平日懷安自玩，至得失徒諉之時命也。

賦得"鳴鶴在陰，其子和之"

鶴號知時者，孤鳴必及辰。豈如爭鵲鬥，寧逐肅鴻賓。斂翅間皋曲，飛蹤絶陌塵。好音安媚俗，淑氣可回春。道在當肥己，遭奇且避人。五鳩鳩正舊，九扈扈民新。紀鳥王官在，哀鰥庶職頻。纓冠還自分，曳履喟吾真。唱和希儔侶，冥通有鬼神。樞機須共慎，違應莫依因。集木難同衆，荷薪即是鄰。幽棲謝我友，勤黽不爲身。

諸葛武侯

昔之王佐者，卷舒繫亨否。所抱渺無前，持身恒有恥。武侯青雲士，不求聞達爾。幸逢雄傑姿，寫誠趨帝里。披棘共間關，臨危寄生死。三古君臣尚，伊吕差可比。遇主既陳力，爲國能先禮。賞罰感神明，公誠不私己。妍媸各自分，無尤於鏡水。薄資餘田桑，厚意泣瘳李。神龍惟有欲，人得而醢已。偉公淡泊志，經綸端此起。聖賢心地高，餘外豈挂齒。山河碁上等，風流無休止。我歌非他感，懷古有遺唏。

丁亥京師即景詠懷

初夏陽德茂，百卉雜柔剛。長條晴散氣，枝榦無老蒼。春誦又夏弦，時修業所當。感此時節變，計指迴我腸。藝黍肇牽徒，暍道甘所嘗。衣冠坐深室，閑蕩豈不傷。往者知提耳，矢志無陰陽。殷勤策前路，方幅懼披猖。謂言或庶幾，老來翻覺長。恨初心力分，斗筲較炎涼。念難悔既後，舍旃行與藏。至今循牆走，何由窺室堂。區區負夙志，趂隙愛流光。重恐乏晚收，終已徒飢康。飢康出《穀梁傳》。詩書安窮巷，琴瑟調空桑。得便即修理，且莫悲風狂。無羡草木姿,乘氣有微芳。

咏　　硯

斯研實異質,涵泳盡星河。側見霽月形,圓大可辨頗。恍如蒸遠氣,蕩瀁八維跎。汀瀅一水互,青鯨日高磨。上下宛相映,影色共舒波。木瘦與石暈,皆言爲物痾。愛此質自然,引袖屬之歌。天潢富財寶,是物亦豈多。内官悲舊事,劉子置而羅。會嵇沈徐研,穆傳迷真譌。希世喜不没,著手日摩挲。漬墨摛周孔,非惟學楊何。

路上即事咏懷

長兒稱伯壽,辛勤爲具糇。叔季偕上計,錙銖悉稱求。指擬資生息,迤邐及建州。陰晴不休歇,水陸無停留。此行多重陰,寒氣日颼颼。邱陵迎送出,煙霏高下浮。野爨占曉午,雲物辨剛柔。凉風吹宿靄,白日生東頭。水芳綴行裾,山色掠平疇。刻畫深淺樹,交加蟲鳥啾。客思無佳況,即景散羈愁。真樂不外得,此趣亦逐流。念昔先人貽,架軸皆孔周。强志排圻鄂,精心驅夷酋。倍諷無難易,寒暑苦冥搜。至今向中道,行泊事卑陬。搒舟嫌溪曲,畢竟是悠悠。將智而耄及,桑榆宜晚收。吾老著讀書,韓語余爾差。

壬辰王正,因大深施田再入成事,重經巖水嶺,作排律八韵

吾祖行間殊亂酋,私恩公義盡綢繆。經情四寺噫飢鬼,噫,歆呼神享也。屈指周星饱饔流。計天順七年,祖書距三支真率公正德六年捨田時,尚未五十年。故老遺文詢似昨,東阡北陌悵誰疇。列峰攢介撑雲表,一徑纔膚瞰絶湫。四寸爲膚。七世抱書求手澤,孤踪緣壁凛毛輶。行懸崖上,有鴻毛之恐。人譏遠代空辛苦,我爲先君豈暗投。且畫畓原知彼己,方謀同善浹明幽。多端揚抑皆神啓,只顧初心莫豫猶。

題五虎山

會府南山切水濵，五峰稱虎肖金神。當中緼藉如天削，其四軒騰亦逼真。文氣冲融成一字，城中視之如一字形，言爲科甲文明之山。蛟宫制伏散嶙峋。將至視之，方有五出，其下江名烏龍，借道家龍虎相拘之説。清剛翼質名朱録，朱子取虎清剛。正直感通豈韓倫。雨時過此冥心偶，亦開掃不甚真也。共道此山司火令，云山渾是石，映州城南多有火灾。須知作肅是恭人。虎秋主肅，程子曰：恭作肅，肅便雍也。

過梅嶺題關廟壁

二府將交梅嶺頭，開宫審象祀神侯。非因降止方禋肇，但是掘泉即水流。由己吉凶希妄决，欽公來往或誠求。殷勤垂勉關心事，寡過未能耻素修。

又題梅嶺關廟壁

鬖髿鶴髮已盈頭，虛擲光陰悔覓侯。珍重天章榮白屋，空慚瓦器注黄流。圭璋特達應明試，蕭艾何妨亦芼求。感念生三情至骨，凛將餘日答前修。

咏西臺

爲愛山川西北好，故將餘石作敦臺。四圍目揖流光滿，八節風來逐面吹。留此醒心時一到，勤當美業且千迴。應憐蒴闔無資者，肯不居高耻罄罍。

叔、季二兒繼上春官

昔年文戰棘闈中，人得我輸不挂衷。六藝還修兼日力，山妻亦耐素時窮。爾今食德邀名早，我爲具春旅色匆。三處讀書吾尚愧，歐公言三處好讀書：路上、床上、厠上。勉知夙立實望戎。

題族侄小影仿蘇公赤壁游景卷後

孟德當年小九州，江干一赤落雄謀。泛舟渺作浮生論，漫賦高情蝶夢收。

猶子風流真遠俗，工綃奇妙逼清秋。蘇公之游在秋。何須夏口西昌迹，聊仿蘇公物外游。

雨用朱子原韵

大雨應時至，《月令》季夏，大雨時行。陰旌變晦明。百川和氣集，萬籟景風鳴。暍道憐誰子，甘津澤衆生。寒門來爽塏，天漢見濤傾。嘉願空千市，煩懷却一清。泰交長伏潤，蕭灑樂遺榮。立造同身被，青雲自手營。《三國志》：高尚之徒，抗心青雲之表。蒼顔羞紮鞴，歸老舊沮耕。

和曾石巖邑侯清溪觀漲

擁薈陰旌訇地來，元冥右使是黔雷。聲無離合通宵注，流接高卑一片摧。翻浪洗空都見皚，傾濤排谷幾能臺。《字訓》：臺，持也。共言砥柱撐千古，著脚東瀾肯少佪。

和曾石巖憂雨

高原禾僅遍，此雨未稱霪。伏潤知肥足，甘津覺痛沉。百川烝遠氣，千畝指長陰。天道時羸縮，持盈無淺深。

舟回早發至龍灘，沾濕舟工苴衪，立岸上久之，見隔江古樹二梅，闌放白花，感懷口占，寫贈灘神

臘月梅花漫品題，貞栖良負素心期。龍灘也是多情思，故揀二株纏片時。

李鍾份跋

先君子嘗自言質本鈍魯，讀書無百遍，不能成誦，至熟，皆以千遍。生平積久功深，"十三經"漢唐注疏、《昌黎全集》、宋儒性理語録數千萬言，字字精熟，蓋從勤苦中得者。壯而嗜學，老而不倦，遂至胸羅萬卷。其於《三禮》又最講究研磨，融會貫通。中年注《周禮》，凡十餘脱稿，必至精密而後已。歲乙未秋八月，伯父文貞公假旋朝見，以先君子通經博學、精熟《三禮》面奏，恭蒙聖祖仁皇帝鴻恩，天章特賁，光耀草廬，舉家感激涕溽，望闕九叩謝恩。丙申歲，修《禮記注》既成，又注《儀禮》。至壬寅冬，《三禮述注》告成，即先君子易簀半載之前也。悲夫，愧份兄弟家貧，未能敬梓行世，以信今傳後。嗚呼！亦會有期也。近份敬搜先君子所著遺文，得百四十餘篇，筆力高古，直追三代遺風，大異唐宋以下文字。詩集寥寥數十首，皆訪昌黎公氣度。謹分類纂輯，恭付之梓，以公之六宇，海内名宿自有定鑒，份不敢虚侈先人之美也。歲乙巳春三月既望，四男鍾份謹識。

《四庫全書提要》所載《皋軒文編》提要

《皋軒文編》一卷，福建巡撫采進本，國朝李光坡撰。光坡有《周禮述注》，已著録。是集凡文二十篇，皆發揮性理、闡明經義之作。其論學主程、朱；論《禮》主鄭氏；論《易》則宗邵子，而兼取揚雄《太玄》，以爲僭經雖有罪，而存《易》則有功。然必以《太極》、《先天》二圖，爲不出自陳摶，則未免回護之見。晁以道作《李之才傳》，序述源流，至爲明白，同時之人，當非無據，非朱震一人之私言也。

校點後記

《皋軒文編》，清李光坡撰。李光坡，字耜卿，號茂夫，福建泉州府安溪縣人，大學士、理學名臣李光地四弟。光坡生於清順治八年（一六五一年），卒於雍正元年（一七二三年）。光坡家居不仕，潛心經學，著有《周禮述注》、《儀禮述注》、《禮記述注》、《古易校本》及《皋軒文編》，他不僅是清初禮學研究的重要人物，且是理學過渡至漢學重要代表人物，更是樸學傳統的重要先行者。

光坡生於憂患，其兄李光地官運亨通之際，光坡則科考坎坷，屢經挫折，最終放棄舉業，以"訓勵後生小子，使知敦本實學，爲國家儲人才"爲己任。光坡少時，即隨父兄研習蔡清、林希元之《易經蒙引》、《四書蒙引》及《易經存疑》諸書，祖宋禘漢，先經後史，打下了良好學術功底。與陳遷鶴、王復禮等過從甚密，時常切磋學問。《皋軒文編》十卷，爲其子李鍾份自雍正元年（一七二三年）光坡逝後開始編纂，得文一百四十餘篇，雍正三年（一七二五年）刻成。此李鍾份刻本爲白口，單魚尾，半頁九行，行二十二字。卷首及正文末分載汪瀣之序、李鍾份跋。

卷一爲雜著，爲光坡哲學文選，就《易經》、《周禮》及《皇極經世》等經典文獻及性論、太極、五行、曆算、禘祫之禮展開討論，頗多創見。如卷一《性論》三篇，爲體現光坡哲學思想之代表作。其以孟子"性善論"爲基礎，解說"性善"，"言性則曰人性、物性，言性善則人也，而物不與。通此者，其知孔孟之旨"，是其重要判斷。光坡不贊成荀子"性惡"，亦對揚子"性善惡相混"說保留意見，服膺宋儒程朱性論，他提到："言性者，自孔孟之後，歷千餘年，至程朱而是非堅定。"對於明儒觀點，光坡主張折中蔡清、陽明之論，以此糾偏，"庶幾得程朱之旨，以達孔孟"。

卷二、三爲序、傳、跋文之彙集，其中《易》、《禮》諸書序言尤其重要。光坡有感於"三禮之學，至宋而微，至明殆絶"，數十年如一日，窮究經學，"三禮"之論,爛熟于胸。自青年至終老,長達四十餘年間,撰有《周禮述注》、《儀禮述注》、《禮記述注》等作品。此三部作品,祖述注疏,删繁舉要,以相發明,以溯訓詁之源,以現古禮真貌。用力極深。以《周禮述注》爲例,"(坡)丙寅年集《周禮》注説,今將二十年,修改者八九次",其徵引漢七家、唐二家、宋四十家、元三家、明四家、清初三家、不詳名號者八家,搜討之廣、治學之勤、用力之久,可見一斑。《述注》三書,雖僅爲歷代經學家研究之彙集,間列個人心得體會,原創性略顯薄弱,但其不囿於漢宋門户之争,平心静氣,辭氣通達,説理透徹,爲漢宋兼採一脈,不僅充分體現了以經爲式、三禮並立、一從古本、經世研禮之治禮方法,更爲清代禮學研究高峰奠定堅實基礎。據此,清乾隆時期官修《三禮義疏》曾移文福建,索觀光坡作品。另外,此三部作品全文選入《四庫全書》,可見其在當時的影響力。乾嘉時期樸學興盛,三禮研究成果燦若星辰,光坡作品樹立標杆,提供了重要參考。李光地曾曰:"讀書博學強記,日有課程,數十年不間斷,當年吴下顧亭林,今四舍弟耜卿,皆曾下此功夫。"康熙帝玄燁亦有"道通月窟天根裏,人在清泉白石間"之聯,以示扶掖獎勵。《臯軒文編》卷二,備載《周禮述注》、《儀禮述注》、《禮記述注》序言,詳細闡明"三禮"研究心得與重要觀點,有重要的參考價值。

卷四至卷九等分别爲壽序、書札、碑銘、行狀、叙祭之文,且多爲代筆之作。光地聲名顯赫,日理萬機,弟代兄擬文,亦屬正常。光坡究心經籍,心無旁鶩,既少作詩曲,亦乏酬答之作。文如其人,根柢經史,文辭簡約,筆力高古。《臯軒文編》雖名爲"文編",卷十則爲詩歌彙集,雖僅寥寥數十首,但皆步韓愈後塵,文辭、風格、意境可觀。

此次整理,以山西祁縣圖書館所藏雍正三年李鍾份刻本爲底本,參校李氏《周禮述注》、《儀禮述注》、《禮記述注》等有關内容。

編　者

二〇一五年十月

圖書在版編目(CIP)數據

皋軒文編/(清)李光坡著;何立民點校.—北京:商務印書館,2016
(泉州文庫)
ISBN 978-7-100-12753-0

Ⅰ.①皋… Ⅱ.①李… ②何… Ⅲ.①中國文學—古典文學—作品綜合集—清代 Ⅳ.①I214.92

中國版本圖書館 CIP 數據核字(2016)第279305號

責任編輯 崔燕南
特約審讀 李偉國

皋軒文編
(清)李光坡 著

商 務 印 書 館 出 版
(北京王府井大街36號 郵政編碼100710)
商 務 印 書 館 發 行
山東鴻君傑文化發展有限公司印刷
ISBN 978-7-100-12753-0

2017年9月第1版 開本705×960 1/16
2017年9月第1次印刷 印張9.5 插頁2
定價:50.00元